Erlebenswelten

von heiter bis sinnig

Erlebenswelten

von heiter bis sinnig

Sabine Wöger

Erlebenswelten

von heiter bis sinnig

Bibliografische Information der Deutschen Nationalbibliothek:

Die Deutsche Nationalbibliothek verzeichnet diese
Publikation in der Deutschen Nationalbibliografie;
detaillierte bibliografische Daten sind im Internet über
http://dnb.dnb.de abrufbar.

Herstellung und Verlag: BoD – Books on Demand,
Norderstedt

ISBN: 978-3-7557-5136-6

„Sollte ich unter meinen Erinnerungen die namhaft machen,
die ihren kräftigen Geschmack
behalten haben,
sollte ich die Summe der Stunden ziehen,
die in meinem Leben zählen,
so finde ich gewiss nur solche,
die mir kein Vermögen der Welt je verschafft hätte."
(Saint-Exupéry, 1999, S. 67)

Inhalt

ZIMMER NUMMER 406, ODER DOCH 604? 9

MAN KANN NICHT IMMER EIN HELD SEIN 16

BAUXI VON GOLDBERG 21

„ICH WÜRDE FUTTER FÜR DIE TIERE UND FÜR DIE
MENSCHEN HINUNTERREGNEN LASSEN." 31

AUF EINEM PARKPLATZ 49

FALTEN 57

IM ZOOFACHHANDEL 65

IM STAU 71

SEVERUS SNAPE 77

„HABEN SIE EINEN KLEBER DABEI?" 79

„FÜR IRGENDJEMAND BIST DU DIE WELT!" 83

„WAS NOCH NIEMAND VON MIR WEISS." 88

„ICH AHNTE DAS, OHNE ES ZU WISSEN." 94

„FREUDE HABE ICH NICHT GESPÜRT. NUR HUNGER." 105

„DER HIMMEL BRANNTE." 115

„DEIN VATER WIRD STERBEN. HEUTE NACHT." 122

ABLEBENSRUHE 129

DAS BEGRÄBNIS 137

LITERATUR 146

Liebe Lesende dieses Büchleins,

es ergeht Ihnen vielleicht ähnlich wie mir?

Ich erlebe scheinbar zufällige Begegnungen, von denen mich die einen fröhlich stimmen und gar erstaunen lassen, während mich andere irritieren. Oftmals empfinde ich Dankbarkeit. Wieder andere lösen Traurigkeit und Ohnmacht aus.

Und in dieser Abfolge sind auch die Geschichten in diesem Büchlein gereiht: zuerst die lustigen und jene, die Bewunderung in mir auslösen, dann die verstörenden, dann die tiefsinnigen. Allesamt sind sie zu wertvoll, als dass sie in Vergessenheit geraten dürfen.

Beim Niederschreiben des Erlebten komme ich mit den Möglichkeiten und Grenzen des Menschseins in Berührung, ob im Gespräch mit der achtjährigen Pia, im Stau, im Zoofachgeschäft, wenn alte Menschen vom Krieg erzählen, oder verweilend bei den Sterbenden und den Toten. All das liegt nah beieinander. Während hinter der einen Tür Augenringe und Falten das größte Problem inmitten der Coronapandemie bedeuten, ringt nebenan eine Frau mit der bitteren Trauer um den verstorbenen Mann. Wir leben in einer Welt voll krasser Gegensätze, im Kleinen wie im Großen.

Ich möchte ein Mensch für die Menschen bleiben. Wenn auch die kleine Mulde, die ich in die Not der Menschen grabe, *„kaum ausreicht, um eine Vogeltränke zu füllen"* (Busta, 1995, S. 88), so kann darin vielleicht wenigstens eine Taube ihren Durst stillen.

Durst lindern durch Zulassen, Zuhören, Zutrauen? Ja, das ist der Radius, innerhalb dem ich meiner Verantwortung nachkommen kann.

Alle Begebenheiten und Begegnungen haben real stattgefunden, ich gebe sie in Form von kurzen Geschichten wieder. Eines haben sie gemeinsam: Es findet sich darin kein vollkommenes Glück und auch kein vollkommenes Unglück.

Sabine Högii

Pucking, im Jänner 2022

ZIMMER NUMMER 406,
ODER DOCH 604?

„Schon kleine Kinder stellen sehr grundlegende Fragen." (Schonhöft, 2013, S. 214)

Ein rothaariger Bub mit grüner Badehose betritt den Kosmetikbereich in einem Wellnesshotel. Er wendet sich an eine beim Pult sitzende Dame. Sie heißt Elsa und ist Fußpflegerin, wie das Namensschild auf ihrem T-Shirt verrät.

Der Bub: *„Entschuldigen Sie bitte, es ist nämlich so ..., also meine Mama und ich, wir haben ausgemacht ..., also wir wollen uns um drei Uhr hier treffen. Wie spät ist es jetzt?"*

Die Fußpflegerin blickt auf die Uhr: *„Jetzt ist es halb sechs."*

9

Der 5-Jährige überlegt: *„Kommt halb sechs vor oder nach drei Uhr?"*

Die Fußpflegerin: *„Halb sechs kommt nach drei Uhr."*

Der Bub: *„Also wenn die Mama jetzt nicht hier ist, dann bin ich zu spät."*

Die Dame: *„Ja, das muss wohl so sein."*

Er denkt nach.

Ein Pärchen, das drei Kuscheltage für zwei inklusive eines Alpenrosenbades bei Kerzenschein im Moaralmwandl, das ist eine übergroße Badewanne, buchen möchte, lächelt dem Kind zu.

Der Junge zur Fußpflegerin: *„Können Sie meine Mama bitte anrufen?"*

Elsa: *„Selbstverständlich."*

Sie entschuldigt sich bei den Verliebten für die Unterbrechung. Die nicken verständnisvoll: *„Kein Problem. Wir sind im Wellnessurlaub und haben jede Menge Zeit."*

Elsa: *„Wie lautet denn die Zimmernummer von deiner Mama?"*

Während er eine Weile angestrengt nachdenkt, kaut er an seinen Fingernägeln: *„406 steht auf der Tür von unserem Zimmer."*

Die Dame wählt die Telefonnummer von Zimmer Nummer 406.

Der Bub beginnt, aufgeregt zu hüpfen. Unbedingt möchte er einen Blick auf das Telefon erhaschen, so als wolle er prüfen, ob die Fußpflegerin die richtige Nummer gewählt hat.

„Also, hmmm, nein, moment ..."

Elsa bricht den Anruf wieder ab: *„Stimmt die Nummer nicht?"*

Der Bub wirkt unsicher: *„604 steht auf der Tür."*

Das verliebte Pärchen hört die Unterhaltung geduldig mit an. Die beiden haben immer noch nicht entschieden, ob sie nach dem Moaralmwandl im Wasserbett nachruhen wollen oder nicht.

Die Fußpflegerin seufzt leicht genervt und blickt den Jungen zweifelnd an: *„Welche Nummer stimmt denn nun: 406 oder 604?"*

Der Junge: *„Also, ich weiß immer alles, und ich habe noch nie etwas vergessen."*

Elsa: *„Na dann bist du ja ganz ein Gescheiter. Wie lautet nun die richtige Nummer?"*

Der Bub: „*406.*"

Elsa: „*Also doch 406?*"

Während er mit dem Kopf schüttelt, presst er mit leiser Stimme ein fragendes „*Ja?*" hervor.

Die Fußpflegerin unternimmt einen anderen Versuch, um die Mutter des Kindes ausfindig zu machen: „*Wie heißt denn deine Mama?*"

Wie aus der Pistole geschossen antwortet er: „*Irmi.*"

Elsa: „*Und mit Familiennamen?*"

Der Bub: „*Graf.*"

Sie sucht im Computer vergeblich nach der Zimmernummer einer Urlauberin namens Graf: „*Ich kann keine Graf finden!*"

Der Bub: „*Ich weiß genau, dass meine Mama Graf heißt.*"

Die Dame: „*Das wird schon so sein. Aber wir haben hier keine Graf im Hotel.*" Um sich zu vergewissern, dass Graf der Nachname der Mutter ist, erkundigt sie sich: „*Wie heißt denn du?*"

Der Bub: „*Ich bin der Sebastian Graf.*"

Die Dame: „*Also doch Graf.*" Sie zieht in Erwägung, bei der Rezeption nachzufragen, welches Zimmer Frau Graf gebucht hat.

Da beginnt Sebastian wieder, aufgeregt zu hüpfen: *„Jetzt fällt es mir wieder ein! In dieser Woche heißt die Mama ‚Helmmoser‘."*

Ein gewichtiger Mann im Bademantel, er wartet Tee trinkend auf seine Rückenmassage, gibt einen lauten Lacher von sich: *„Haha, jetzt dauert es nicht mehr lange und es zerreißt mich gleich!"*

Sebastian dreht sich zu ihm um und blickt ihn fragend an: *„Warum zerreißt es Sie denn gleich?"*

Die Fußpflegerin, die kurz abgelenkt war, wendet sich wieder dem Jungen zu: *„Helmmoser? Also nicht Graf?"*

Sebastian: *„Nein."*

Die Fußpflegerin: *„Was denn nun? Graf oder Helmmoser?"*

Der Bub: *„Helmmoser."*

Die Fußpflegerin: *„Bist du dir sicher?"*

Der Junge: *„Ja. Ich weiß das ganz genau."*

Neuerlich sieht sie die Gästeliste durch: *„Ah, da ist sie ja, Helmmoser. 406."*

Der Junge strahlt. Die obere Zahnreihe offenbart ein paar Lücken.

Elsa wählt die Telefonnummer von Frau Helmmoser von Zimmer 406.

Nach wenigen Sekunden hebt jemand am anderen Ende der Leitung den Hörer ab: *„Frau Helmmoser?"* Sie legt das Ohr nahe an die Muschel und hält kurz irritiert inne: *„Ich habe soeben die Telefonnummer von Zimmer 406 gewählt. Wer spricht? Pfister?"*

Der Bub ist voll der Freude: *„Ja, das ist der Herr Pfister. Der wohnt zwei Stockwerke über uns, im Zimmer 604."*

Die Fußpflegerin sieht im Computer nach: *„Ja, stimmt genau."* Sie wendet sich dem Buben zu: *„Kennt der Herr Pfister deine Mama?"*

Sebastian ist erleichtert. Mit weit geöffneten strahlenden Augen berichtet er: *„Ja. Mir hat der Herr Pfister einen Zug geschenkt. Immer dann, wenn ich besonders brav bin und am Kinderprogramm in der Spielhütte teilnehme, besucht der Herr Pfister meine Mama ..."*

„... und", der gewichtige Mann im Bademantel, er wartet noch immer auf seine Rückenmassage und hat währenddessen drei Handvoll getrockneter Feigen und Nüsse verspeist, fällt dem Jungen lachend ins Wort, *„... und die Mama heißt diese Woche nicht Graf, sondern Helmmoser, oder besser gesagt, sie muss in diesem Hause Helmmoser heißen!"* Er hält sich den großen Bauch vor Lachen.

14

Während das verliebte Pärchen verlegen weg-
schaut, hat ihn der Dialog zwischen Sebastian
und Elsa köstlich amüsiert, und außerdem einige
Lebenserinnerungen in ihm wachgerufen, wie er
beiläufig bemerkt.

Ehe Elsa am Telefon noch etwas sagen konnte,
hat Herr Pfister am anderen Ende der Leitung
aufgelegt.

MAN KANN NICHT IMMER
EIN HELD SEIN

*„Leben ist das, was passiert, während du
was anderes planst."* (Poostchi, 2010, S. 242)

Poidl ist ein begeisterter Hausmann und führt viele Tätigkeiten mit Freude und Engagement durch. Er kümmert sich um das Staubsaugen, das Müllmanagement, die Rasenpflege und den Heckenschnitt.

Inmitten einer spannenden Flugsimulation überkommt Poidl an einem Nachmittag ein dringliches Ausscheidungsbedürfnis. Glücklicherweise bewohnt er mit seiner Frau Linda ein Haus mit zwei Toiletten und so stürmt er in die neben seinem Arbeitszimmer gelegene. Nach dem großen Geschäft kommt es zu einer unerwarteten Verstopfung des Abflusses, woraufhin Poidl seiner Ansicht nach eine geniale Idee hat. Weil sich die Verstopfung des Rohres auch mit dem roten Gummipömpel nicht beseitigen lässt, befüllt er einen Eimer mit Wasser und leert diesen in die Toilette. Doch das gewünschte Ergebnis tritt nicht ein, und so gießt der Hausmann einen weiteren Eimer in die Muschel, um den maximalen Wasserdruck auf das verstopfte Rohr auszuüben, bis der Wasserspiegel auf einer Ebene mit dem Toilettenrand steht. Da sich nach wie vor nichts regt, ist Poidl ratlos.

Doch plötzlich kommt Bewegung in die Szenerie. Zunächst ist ein sonores Grummeln zu hören. Aus dem Rohr steigt eine kleine Luftblase auf.

Poidl ist in freudiger Erwartung, dass das Problem in den nächsten Sekunden gelöst sein sollte. Doch – oh Schreck. Das Aufsteigen der Luftblase bewirkt eine Wellenbewegung und diese sorgt für ein Überschwappen des Wassers aus der Toilette. Zu Poidls Erleichterung läuft nur eine kleine Wassermenge über. Doch wieder hatte er sich zu früh gefreut. Mit einem noch tieferen und wesentlich bedrohlicher tönenden Grummeln erreicht eine geschätzt handballgroße Luftblase die Oberfläche und sorgt nun wahrlich für eine Überschwemmung. Glücklicherweise hat das große Geschäft zwischenzeitlich das Weite gesucht und seine Reise über die kilometerlangen Kanalrohre angetreten.

Hilflos und verloren steht Poidl im Wasser. Er trägt neue schwarze Socken mit bunten Punkten, mit denen Linda ihm tags zuvor eine Freude bereitete. Zunächst entfernt Poidl alles im Wasser Stehende: die Wäschekörbe, den Ständer mit den WC-Papierrollen und anderes. Dann überlegt er scharfsinnig, *wie würde wohl Linda dieser Wassermenge Herr werden?* und weiter, *wie kann ich die Spuren dieser Überflutung beseitigen, ohne dass Linda Verdacht schöpft?* Jedoch schon bei den ersten Versuchen, das Wasser mit einem Bodenwischer mit Mikrofaserbezug aufzuwischen, bekommt Poidl den Eindruck, dass das Wasser nicht weni-

18

ger, sondern nur über eine noch größere Fläche im Badezimmer verteilt wird. Der bedrohlich hohe Pegelstand veranlasst Poidl schließlich resignierend zu einem nüchternen Hilferuf an Linda: *„Kannst du mir bitte helfen?"*

Schon am Tonfall bemerkt Linda, dass etwas Außergewöhnliches vorgefallen sein musste. Das Geschirr, das sie gerade abwäscht, lässt sie augenblicklich stehen, um zu Poidl in den ersten Stock hochzueilen. Im Badezimmer angekommen lacht sie zunächst, sieht sie doch nur ein bisschen Wasser am Fliesenboden stehen.

Poidl: *„Nicht fragen. Nur helfen."* Er will nicht in die Verlegenheit geraten, erklären zu müssen, wie es zu diesem Missgeschick kam. Für Linda ist das kein Problem. Erst als sie die Wassermenge im Bereich der Toilette bemerkt, wird ihr das beachtliche Ausmaß bewusst.

Poidl: *„Wie würdest du jetzt vorgehen, um das Wasser aufzusaugen?"* In einem Regal liegen alte Badetücher und diese eignen sich bestens für diesen Zweck. Poidl übernimmt dankbar das Auswringen der Tücher.

Weil Linda lachend nachfragt, wie es dazu gekommen sei, immerhin sieht sie nur einen leeren Eimer neben der Toilette stehen, rekonstruiert Poidl zögerlich das Geschehene: *„Ich wollte durch* das Nachfüllen von Wasser den Druck auf das Abflussrohr erhöhen, habe jedoch nicht die Auswirkung der aufsteigenden Luft bedacht." Linda, die sich köstlich amüsiert, lauscht gespannt Poidls Ausführungen, der ermuntert durch ihre gute Laune immer mehr dazu bereit ist, detaillierter Auskunft zu geben.

Linda: *„Ich hatte ohnehin heute vor, den Fliesenboden im Badezimmer gründlich zu reinigen"*, und humorvoll weiter: *„Außerdem trägst du erstmals Socken, die eine Wassertaufe durchgestanden haben."*

Poidl, nun wieder in seiner gewohnten Gelassenheit: *„Wie recht du hast. Wenn dieses Malheur das größte Drama des heutigen Tages ist, dann ist es ein guter Tag"*, oder wie Johann Wolfgang von Goethe zu sagen pflegte: *„Man kann nicht immer ein Held sein, aber man kann immer ein Mann sein."*

BAUXI VON GOLDBERG

„Es wird vielen Leuten lächerlich sein,
und manchen frommen Christen ärgerlich,
dass wir auf einen Hund so viel Rücksicht nehmen."
(Adalbert Stifter in Hoffmann, 2004, S. 49)

Obwohl sie erst 24 Jahre jung ist, hat sich die lebensfrohe Luisa als Sozialarbeiterin und Organistin eine hübsche Summe Geld gespart. Spontan kommt ihr bei einer Radtour die Idee, ein nettes Häuschen mit Garten zu erwerben. Gedacht, getan. Kurzerhand findet sie in einem kleinen Ort das passende Objekt.

Doch ins neue Domizil möchte sie keinesfalls allein einziehen. Ihr lang gehegter Wunsch, einem kleinen Vierbeiner ein liebevolles Zuhause zu geben, sollte sich nun erfüllen. Beim Durchblättern der Tageszeitung bleibt ihr Blick bei den Tierannoncen hängen. Sie entdeckt das Foto einer treuherzig blickenden Rauhaardackelmama mit ihren drei entzückenden Welpen. Die trächtige Hündin wurde auf einem Parkplatz ausgesetzt und ihrem Schicksal überlassen. Im Tierheim brachte sie ihre Jungen zur Welt. Allesamt sind sie 8 Wochen alt und ab sofort abzugeben.

Schon Napoleon Bonaparte, Kaiser der Franzosen, ließ sich mit Dachshunden abbilden. Der Herrscher, der in der Pariser Kathedrale Notre Dame dem Papst die Krone entrissen hatte, um sich selbst zu krönen, schätzte das Selbstbewusstsein seiner Dackel, die auch großen Hunden jeglichen Respekt verweigerten. Bei Weitem imponiert nicht nur sein Charakter, sondern auch der lang gezogene Körper mit auffallend kurzen Beinen. Auch der spanische Maler Pablo Picasso besaß einen Rüden namens Lump, der für einige seiner Werke Modell gestanden hatte und somit das bedeutendste Tiermodell der Kunstgeschichte wurde. Ein Dackel namens Waldi wurde im Jahr 1972 sogar das offizielle Olympia-Maskottchen der deutschen Sportler, weil er vor Zähigkeit, Beweglichkeit und Widerstandsfähigkeit nur so strotzt. Und da Dachshunde längst nicht mehr ein Privileg von Berühmtheiten sind, entscheidet sich Luisa für den Kauf eines Jungtieres.

„Bauxi von Goldberg", so heißt der Erstgeborene der drei Welpen, soll Luisas Gefährte sein. Er ist der quirligste und zugänglichste von den dreien und von zierlicher Statur. Seine Schulterhöhe beträgt 16 cm und er wiegt knapp 2 Kilogramm. *„Suchen Sie sich bald eine wirklich gute Hundeschule!"*, ruft die Tierpflegerin Luisa noch nach, ehe sie und Bauxi das Tierheim verlassen. Dieser Rat erweist sich bald als Gold wert, denn die ersten Hinweise auf die Vorpubertät zeichnen sich bereits ab. So er sich übergangen fühlt, hebt Bauxi sportlich das hintere Pfötchen, um mit einem kurvenlosen Urinstrahl auf ein Bein des Klavierflügels seinem Unmut Ausdruck zu verleihen. Wird er geschimpft, verschwindet er beleidigt für einige Zeit in seinem Körbchen, dem Blick des Frauchens selbstverständlich abgewandt. Seinem Ruf, dickköpfig zu sein, wird der kleine Hund vollauf gerecht. Auch das Klischee, dass Dackel gerne stehlen, bedient Bauxi zweifellos. Liebend gern klaut er Schuhe und herumliegende Kleidung, vorzugsweise flauschige Pullover, mit denen er sein Körbchen weich auspolstert. Und er ist bestimmt überdurchschnittlich intelligent, gar fähig zur Reue und Wiedergutmachung. Wenn ihn Luisa mit strenger Stimme mit seiner Übeltat konfrontiert, *„Bauxi, was hast du mit meinem Pullover gemacht?"*, führt er sie neuerdings langsamen Schrittes, knurrend und mit hängendem Kopf, zum Diebesgut und überlässt ihr dann für einige Minuten seine quietschende Latexhenne.

Jedenfalls überwiegen bei Weitem die positiven Charaktereigenschaften des Rauhaardackels, etwa sein Beschützerinstinkt. Wenn nachts Leute am Haus vorbeispazieren oder der Bewegungsmelder auf der Terrasse aufleuchtet, ist er hellwach und schreitet Raum für Raum ab, stets darum bemüht, Luisa vor jeglicher Gefahr zu warnen.

Den anfänglichen Differenzen zum Trotz finden Luisa und Bauxi ein gutes Auskommen und leben sich im neuen Heim gut ein. Nun ist für Luisa die Zeit gekommen, das gemütlich eingerichtete Haus mit ihrer Familie einzuweihen. Das besondere Fest soll an einem Adventsonntag stattfinden. Den großen schweren Eichentisch bedeckt Luisa mit einem gehäkelten gold-roten Tischläufer. Karminrote Kerzen, duftende Tannenzweige und goldene Glaskugeln zieren die edle Tafel. Das zarte Duftbouquet von Orange-, Schokolade-, Zimtbäckerei und anderem Kleingebäck konkurriert mit der überwältigenden

Optik einer Himbeertorte mit Spekulatiusboden und cremiger Sahnefüllung sowie einer ebenso prachtvollen Tiramisutorte mit Glühweinkirschen.

Als es endlich läutet, stürmt Bauxi in gewohnter Weise hysterisch bellend zum Hauseingang. Um ein weiteres Malheur wie jenes mit Marianne zu vermeiden, ordert Luisa Bauxi ins Wohnzimmer und schließt die Tür. Alle sollen in Ruhe ihre Jacken ablegen und die Schuhe ausziehen können, ehe Bauxi hinzukommt. Freundin Marianne, die sich wenige Wochen zuvor hinuntergebeugt hatte, um ihn zu begrüßen, verlor zwei Schneidezähne, die er ihr mit seinem harten Schädel beim übermütigen Springen ausgeschlagen hatte. Marianne trägt seither ein Implantat.

Bauxi winselt und schert mit seinen scharfen Krallen an der ohnehin schon schwer ramponierten geschlossenen Tür. Der kleine Hund lässt nichts unversucht, um aus dem Wohnzimmer auszubrechen. *„Bauxi, nein!"*, ruft Luisa unüberhörbar. Und prompt, von einer Sekunde auf die andere, ist von ihm nichts mehr zu hören. Weder ein Bellen, ein Winseln noch ein Kratzen. Offensichtlich hat sich Bauxi mit der Situation, eine Weile warten zu müssen, abgefunden. Luisa ist stolz auf ihn und wertet das als ein weiteres Zeichen einer vielversprechenden Entwicklung: *„Mein Kleiner entwickelt sich prächtig."*

Mit lauter tiefer Stimme spricht Luisas Vater Viktor durch das Schlüsselloch: *„Na, wo ist denn der liebe Bauxi?"* Lediglich ein dumpfes, jedoch aufgeregtes Knurren ist zu hören. Wie immer hat Viktor eine Kabanossi mitgebracht, um ihn für ein zufriedenstellend durchgeführtes *„Sitz"* und *„Platz"* zu belohnen.

Viktor öffnet die Tür. Seine tiefe sonore Stimme wandelt sich im nächsten Augenblick in einen lauten hellen Ruf, der wie ein Echo durch das Haus schallt: *„Uiiiiii!!!"*

„Um Himmels willen!", ruft Oma Josefine, *„der schöne Teppich!"*, und auch Mama Inge, die sich mit dem Tier immer noch nicht anfreunden konnte, stimmt in den Chor des Entsetzens ein: *„Was hat der Hund angerichtet?"* Zuletzt steht Luisa mit der Kaffeekanne in der Hand in der Tür. Kein Wort verlässt ihre Kehle. Bauxi hat nicht nur die beiden Torten unter der Couch gebunkert, er hat auch Kekse in den Spalt zwischen der Sitzfläche und der Rückenlehne des Diwans gestopft. Der samtige rosafarbene Stoff der Sitzmöbel ist mit Schokoladensoße und Nugatcreme überzogen.

Den kleinen Hund reißt es hin und her. Er möchte die Familie in gewohnter Weise begrüßen und muss zugleich das gefundene Fressen verteidigen. Nie zuvor konnte er eine derartige Menge an Leckerlis zusammenraufen, wie in diesem Moment. Gemächlich tropft das flüssige Wachs der Kerzen auf den Boden.

Die dicke Sahneschicht auf der Hundeschnauze, sie ist bis in die Nasenlöcher vorgedrungen, vermag den hervorragenden Geruchssinn nicht zu trüben. Schon schnüffelt Bauxi an Viktors Kabanossi, bellt und schnappt auch schon nach dem wurstigen Stangerl.

„Vorsicht!", ruft Luisa, *„auch Hunde, die bellen, können beißen!"* Reflexartig zieht Viktor das begehrte Leckerli zurück, woraufhin Bauxi ebenso im Reflex reagiert und Viktor in den Finger beißt, womit er sich die Chance auf ein kräftiges Kraulen am Schwanzansatz vertan hat. Kurzerhand wurde die Einweihungsfeier in die Gartenhütte verlegt.

Noch Wochen später verkennt Bauxi das Wohnzimmer als sein alleiniges Revier und knurrt Luisa an, sobald sie das Wohnzimmer betreten möchte. Das Selbstbewusstsein wurde in der Hundeschule und vor allem bei der Nasenarbeit gestärkt. Jedoch hat er die Übung offensichtlich missverstanden, denn zu Hause ist es nicht Luisa, die Leckerlis versteckt, sondern Bauxi. Gelegentlich ertappt ihn Luisa dabei, wie er an einem Kokosbusserl, einem Nusskipferl oder einem Quittenwürfel kaut, nicht wissend, wo er die Süßigkeiten aufbewahren soll.

Auch nach diesem Zwischenfall bleiben Luisa und Bauxi gute Freunde, überwiegen doch im Großen und Ganzen die liebenswürdigen Seiten des samtpfotigen Gefährten.

Doch es dauert nicht lange, da wird das Zusammenleben ein weiteres Mal auf die Probe gestellt. Es klingelt an der Tür: *„Ding-Dong"* … und kurz darauf ein aggressives *„Wau Wau"*, … und im selben Moment ein *„Au Au!"*

Luisa öffnet die Tür. Ein entgeistert blickender Mann steht regungslos und mit offenem Mund vor ihr. *„Ich habe nichts getan"*, stammelt er.

Die Mülltüte ist aufgerissen. Kaffeesatz, Kartoffel- und Bananenschalen verteilen sich über die Stufen, die zum Hauseingang führen. Bauxi sitzt inmitten der zum Teil noch warmen Haushaltsabfälle, die Beute verteidigend und jederzeit zum Angriff auf den unerwünschten Besucher bereit.

„Ich bin der Pfarrer!"

Luisa, vergeblich darum bemüht, den Dackel, der den Pfarrer engagiert bewacht, in die Schranken zu weisen: *„Willkommen!"*

Am Gartentor hängt ein Schild mit einem Foto von Bauxi. Darunter steht geschrieben: *„Ich wohne hier. Du nicht."* Nachdem der Pfarrer Bauxi versprach, *„hier bestimmt nicht einziehen zu wollen!"*, wendet dieser sich wieder von ihm ab und den Küchenresten zu. Luisa ist erleichtert und führt den Geistlichen, der blass im Gesicht ist, in das Wohnzimmer. Während sie Tee kocht, nimmt er auf der Couch, auf der die Verunreinigungen vom Advent-Desaster noch deutlich zu sehen sind, Platz, nicht wissend, welchen Ursprungs die braunen Spuren sind.

Der Pfarrer: *„Weil mir zu Ohren kam, dass Sie Kirchenmusikerin sind, bitte ich Sie um das Orgelspiel in unserer Kirche."* Vor dem Hintergrund, dass Bauxi den Gottesdiener beinah gebissen hatte, erscheint eine Zusage zum Orgeldienst unausweichlich. Der Pfarrer ist erleichtert. Luisa auch.

Weil Bauxi den vorderen Hauseingang immer noch bewacht, verabschiedet Luisa den Geistlichen durch den Hintereingang. Der Pfarrer segnet Luisa zum Abschied und betupft auch seine Stirn mit Weihwasser, das er in einem Fläschchen mitgebracht hat: *„Herr, steh mir bei, immerhin muss ich noch an Bauxi vorbei."*

Luisa: *„Keine Sorge. Sie haben eine reale Überlebenschance"*, woraufhin der Pfarrer lachend erwidert: *„... und falls nicht, dann habe ich einen guten Draht nach oben."*

„ICH WÜRDE FUTTER FÜR DIE TIERE UND FÜR DIE MENSCHEN HINUNTER- REGNEN LASSEN."

„Das Kind beobachtet die Dinge seiner Umgebung mit leidenschaftlichem Eifer und wird von ihnen angezogen; ganz besonders aber wird es von den Handlungen der Erwachsenen fasziniert, die es kennenlernen und nachahmen möchte."
(Montessori, 1990, S. 99)

Pia ist gerne dazu bereit, Naima ihre Gedanken mitzuteilen.

Naima: *„Liebe Pia, du hast vor wenigen Tagen deinen achten Geburtstag gefeiert. Bitte erzähle mir, welche schönen Erinnerungen du an diese acht Lebensjahre hast."*

Pia: *„Als wir in Guatemala waren."*

Pia lebte im Alter von drei Jahren mit ihrer Familie drei Monate in Zentralamerika.

Pia: *„Das Meer und die leckeren Früchte, ja."*

Naima: *„Gab es dort andere Früchte als hier in Österreich?"*

Pia: *„Nein, aber sie waren viel leckerer, zum Beispiel die Mangos, die konnte man vom Baum pflücken. Oder die Brombeeren, die gab es am Markt. Man* konnte dort das Kilo Brombeeren um 50 Cent kaufen. Die waren voll lecker."

Naima: „Wahrscheinlich schmecken die Früchte viel intensiver, weil sie sonnengereift sind."

Pia: „Ja."

Naima: „Hast du in Guatemala deine Liebe für die Natur entdeckt?"

Pia: „Nein, die hatte ich eigentlich schon früher."

Naima: „Schon vor deinem dritten Geburtstag?"

Pia: „Ja."

Naima: „Welche Erinnerung hast du denn an die Zeit vor Guatemala? Was hat dein Interesse für die Natur schon so früh geweckt?"

Pia: „Ja. Ich glaube, da war ich zwei."

Naima: „Also tatsächlich so früh."

Pia: „Ja. Vor unserem Haus stand ein Kastanienbaum, und ich wollte jeden Tag hinaus, um zu gucken, ob die Kastanien reif sind."

Naima: „Oh! Du hast also beobachtet, wie der Baum seine Nussfrüchte ausbildet?"

Pia: „Ja, jeden Tag."

Naima: „Konnte man die Kastanien im Rohr backen und essen?"

Pia: „Nein."

Naima: „Dann war es also eine Rosskastanie, keine Edelkastanie."

Pia: „Man konnte sie jedenfalls nicht essen. Aber ich habe immer gewartet, damit ich wieder Kastanienmännchen mit Zahnstochern basteln kann."

Naima: „Alles klar. Du bist ja eine Bastelfee!"

Pia: „Jaaa!"

Naima: „Fällt dir vielleicht noch eine weitere schöne Erinnerung ein?"

Pia: „Als wir einmal in Kroatien waren, sind wir zum Meer gelaufen, um Muscheln zu suchen."

Naima: „Bestimmt hast du welche gefunden. Wie haben die Muscheln ausgesehen?"

Pia: „Ich habe einmal eine ganz große gefunden. Die war wie eine große Schale, und außen war sie glänzend und glatt. Ihre Farben haben so schön in der Sonne geschimmert."

Naima: „Und hast du die Muschel wieder zurück ins Meerwasser gelegt?"

Pia: „Mhm."

Naima: „Du hast sie also nicht mit nach Hause genommen. Das ist sehr wertschätzend von dir, dass du das Tier im Meer weiterleben ließest. Außerdem können sich auch andere Menschen daran erfreuen."

Pia: „Und einmal sah ich einen ganz ganz bunten Fisch. Der sah ein bisschen aus wie ein Neonfisch, und er war ungefähr so groß [Pia deutet eine Länge von 10 cm an], und er war ganz dick und hatte einen gelben und roten Streifen, unten war er lila gezackt, und seine Flossen waren schwarz."

Naima: „So einen Fisch würde ich auch gerne mal sehen. Hast du die Meerestiere mit einer Taucherbrille beobachtet?"

Pia: „Ja. Und ganz viele Seegurken und Seeigel haben wir auch gesehen. Die Marlies und ich, wir waren oft schnorcheln."

Naima: „Die Welt unter Wasser ist wunderschön."

Pia: „Einmal habe ich eine Seegurke gesehen, die war so groß [Pia deutet eine Länge von einem Meter an].

34

Naima: *„Die war ja riesig! Welche Farbe hatte sie?"*

Pia: *„Sie war blassgrün."*

Naima: *„Ich staune, du hast viele schöne Erinnerungen, liebe Pia."*

Pia: *„Ja. Ich habe mich immer so gefreut, wenn wir in den Streichelzoo gegangen sind. Dort gab es Esel, Pferde, Kühe, Schweine, Schafe, und die durfte man streicheln."*

Naima: *„Pia, welche Hobbys hast du eigentlich?"*

Pia: *„Basteln. Am liebsten bastle ich draußen mit Natursachen. Ich habe einmal eine lustige Hexe aus Blättern und Stöcken gemacht. Eine Tonscherbe, die ich im Garten gefunden habe, wurde die Nase. Und ich ließ eine Schnecke unter der Nase herkriechen. Das sah dann aus, als hätte die Hexe Schnupfen."*

Naima: „Das muss ja lustig ausgesehen haben!"

Pia: „Ja. Für die Augen nahm ich einfach zwei Nüsse."

Naima: „Wie hast du das alles befestigt? Mit Schnüren?"

Pia: „Nein, ich habe einen Bastelkleber. Mit dem hat alles gut gehalten."

Naima: „Wie hast du die Haare gestaltet?"

Pia: „Dafür habe ich Heu auf den Kopf geklebt. Und zuletzt habe ich aus einem großen braunen Blatt einen Hexenhut ausgeschnitten und habe ihr diesen auch noch auf den Kopf geklebt."

Naima: „Ich staune, wie kreativ und einfallsreich du bist. Und das ist dir alles allein eingefallen?"

Pia: „Mhm. Einmal habe ich ein Baby im Bett gebastelt. Zuerst habe ich ein Bett gemalt. Dann habe ich den Kopf und die Bettdecke aus Blättern aufgeklebt. Damit es nicht friert, habe ich ihm eine Babymütze aufgesetzt."

Naima: „Babys brauchen es warm auf dem Kopf. Sie haben ja noch keine Haare."

Pia: „Dann habe ich Gänseblümchen geflochten und dem Kind ein weiches Kissen gemacht."

Naima: „Hast du diese Bastelei in deinem Zimmer aufbewahrt?"

Pia: „Mhm. Ich habe eine Mappe mit Folien. Dort gebe ich die ganz schönen Bilder hinein."

Naima: „Hast du noch weitere Hobbys?"

Pia: „Ganz besonders freue ich mich über die Wildkräuter."

Naima: „Welche Kräuter oder Kräuterrezepte kannst du mir empfehlen?"

Pia: „Ich finde den Spitzwegerich-Hustensaft cool, auch das Johanniskraut-, Rosmarin- und Pfefferminzöl, und ich bin sehr auf die Gundermann-Kräuter-Schokolade gespannt."

Weil Gundermann, auch Gundelrebe genannt, einen herzhaften Pfefferminzgeschmack hat, lässt sich daraus eine vorzügliche Nascherei zaubern. Hierzu taucht man die Blätter in geschmolzene Bitterschokolade. Die Beigabe von etwas Kokosöl erhöht das Geschmacks- und Dufterleben. Naima und Pia wollen am Nachmittag diese Kräuterschokolade zubereiten.

Naima: „Beobachtest du auch, dass Menschen mit der Natur nicht achtsam umgehen?"

Pia: „Ja, schon."

Naima: „Welchen Rat würdest du den Menschen geben?"

Pia: „Dass sie auf die Natur aufpassen sollen, weil sie ganz wertvoll ist, und dass sie den Müll nicht einfach in die Natur schmeißen sollen."

Naima: „Hast du Menschen dabei beobachtet, wie sie die Natur verschmutzen?"

Pia: „Also ich war bei meiner Oma auf dem Balkon. Da waren zwei Männer, die haben Zigaretten gerauch. Danach haben sie die einfach weggeschmissen. Oder auf dem Weg zu meiner Oma hat ein Mann im Auto vor uns eine Coladose aus dem Fenster geworfen. Einmal hat ein Junge eine Coladose über die Hecke geworfen und hat mich damit getroffen."

Naima: „Zum Glück hast du dich nicht verletzt."

Pia: „Zum Glück war es keine Glasflasche."

Naima: „Ich weiß, dass du mit einem Sack in der Natur unterwegs bist und fleißig Müll sammelst. An dieser Stelle danke ich dir dafür. Dadurch hilfst du mit, die Umwelt sauber zu halten."

Das Mädchen freut sich. Sie lächelt.

Naima: „Angenommen, es kommt eine Fee zu dir und sagt: ‚Pia, du hast drei Wünsche frei.' Welche wären das?"

Pia: „*Dass die Menschen auf die Natur aufpassen, und ...*"

Sie blickt eine Weile zum Himmel ...

Pia: „*... dass alle Menschen gesund sind und kein Mensch stirbt, ... und dass die Erde nie untergeht oder kaputtgeht.*"

Naima: „*Das sind sehr bedeutsame Wünsche, die du äußerst, liebe Pia. Dass es wichtig ist, auf die Natur zu achten, darüber haben wir schon gesprochen. Willst du mit mir auch über das Sterben reden?*"

Pia: „*Okay*"

Naima: „*Welche Erfahrungen hast du mit dem Sterben gemacht?*"

Pia: „*Dass man gut aufpassen muss, weil man bei fast allem sterben kann.*"

Naima: „*Meinst du damit beispielsweise den Straßenverkehr am Schulweg?*"

Pia: „*Ja. Menschen sterben auch an tödlichen Bissen von Tieren oder bei Waldbränden oder im Krieg, wenn gekämpft wird, wenn man stürzt oder von weit oben hinunterfällt, oder an Krankheiten.*"

Aktuell brennt es in Südeuropa, Kalifornien, Südamerika und auch in Deutschland. Die Konflikte zwischen den USA und dem Iran, in Afghanistan oder in Syrien, dominieren die

Berichterstattung. Auch die Coronapandemie ist noch nicht vorüber.

Naima: *„Ich kenne auch Menschen, die ein langes schönes Leben führten. Als sie alt waren, sind sie gestorben. Sie hatten keine Krankheiten."*

Pia: *„Ja, das gibt es auch."*

Naima: *„Was glaubst du, was nach dem Tod passiert?"*

Pia: *„Ich weiß es nicht. Ich glaube, dass man dann als ein anderes Baby wiedergeboren wird."*

Naima: *„Das stelle ich mir schön vor."*

Pia: *„Ich auch."*

Naima: *„Wirst du dann in einer neuen Familie, vielleicht auch in einem anderen Land, wieder zur Welt kommen?"*

Pia: *„Ich weiß es nicht genau."*

Naima: *„Wenn du es dir aussuchen könntest, bei wem und wo würdest du wieder als Baby geboren werden wollen?"*

Pia: *„Wieder bei Mama und Papa."* Sie strahlt über das ganze Gesicht.

Naima: „Jaaa! Das bedeutet, dass Mama und Papa auch wieder zur Welt kommen, und auch dein kleiner Bruder Max."

Pia: „Das wünsche ich mir."

Naima: „Magst du auch Musik?"

Pia: „Auf jeden Fall. Das meiste, was ich höre, ist Pop, Pop-Rock, auch Hip-Hop."

Naima: „Oh, das ist eine ziemlich flotte und rhythmische Musik."

Pia: „Manchmal tanze ich auch dazu."

Naima: „Und wie gefällt es dir in der Schule?"

Pia: „Ich weiß es nicht genau, ... ich glaube, es gefällt mir schon. Nein, ich weiß es nicht genau."

Naima: „Das ist für dich momentan schwer zu sagen."

Pia: „Ja, genau. Aber ich freue mich jeden Tag auf meine Freundinnen."

Naima: „Hast du auch nette Lehrerinnen und Lehrer?"

Pia: „Ja, schon. Ich hatte eine nette Lehrerin. Dieses Jahr bekomme ich eine neue."

Naima: „Lass mich raten: Deine Lieblingsfächer sind Sachkunde und Handarbeiten."

Pia: „Also Werken und Turnen mag ich auch sehr gerne."

Naima: „Geht ihr auch in die Natur?"

Pia: „Manchmal. Wir beobachten dann ein bestimmtes Tier. Einmal waren wir in einem Wald, wo es ganz viele Eichhörnchen gab."

Naima: „Das sind so entzückende Wesen. Was hast du alles über Eichhörnchen gelernt?"

Pia: „Eigentlich habe ich das meiste schon gewusst. Zum Beispiel wusste ich nicht, dass es Eichhörnchen gibt, die nur 10 Zentimeter groß werden, und dass es Eichhörnchen mit drei Farben gibt, braun, rot und schwarz."

Naima: „Ein dreifarbiges habe ich auch noch nie gesehen. Die meisten haben ein weißes Bäuchlein."

Pia: „Ja. Wir waren einmal auf einem Spielplatz. Dort gab es viele Eichhörnchen, ungefähr sechs. Die haben überall herumgegraben. Und wir haben nicht gewusst, was sie tun. Dann haben wir gesehen, dass sie alle Nüsse ausgebuddelt haben."

Naima: „Den Tieren dabei zuschauen zu können, ist eine Seltenheit."

Pia: „Oma und Opa haben auch viele Eichhörnchen im Garten. Dort gibt es ein Vogelhäuschen, bei dem man das Dach hochklappen kann. Drinnen sind viele Nüsse, und die Eichhörnchen klappen mit einem Händchen das Dach hoch und holen sich mit dem anderen eine Nuss heraus und knabbern dann daran. Manchmal streiten sie auch darum, wer zuerst ins Häuschen darf."

Naima: „Das ist ja süß! In dieser Weise helfen Oma und Opa den Tieren, dass sie gut durch den Winter kommen."

Pia: „Zweimal in der Woche befüllt Opa das Häuschen mit Futter."

Naima: „Ist das ein spezielles Futterhäuschen für Eichhörnchen?"

Pia: „Nein, es ist eines für Vögel, aber die Eichhörnchen nutzen es."

Naima: „Gibt es Tiere, die du besonders liebst?"

Pia: „Ich habe viele Lieblingstiere."

Naima: „Das denke ich mir."

Pia: „Also, ich mag Flamingos, Vögel, Pferde, Rehe, Erdmännchen, Nasenbären, Katzen, Hunde und Giraffen. Eigentlich mag ich fast alle Tiere. Die schönsten Tiere, wie ich finde, sind Löwen, und auch Tiger, Leoparden, Geparden und Wölfe."

Naima: „Was spricht dich am Löwen so sehr an? Seine Mähne?"

Pia: „Mir gefällt sein Aussehen und seine Stärke. In der Vulkaneifel, [ein Gebiet im Nordwesten von Rheinland-Pfalz], gibt es einen Wildpark. Nachdem wir Sommerrodeln waren, machten wir eine Safari, und da liefen die Mufflons und Wildschweine über die Straße. Auch einen Bären haben wir gesehen. Später waren wir dann auch noch bei den kleinen Tieren im Streichelzoo. "

Naima: „Jetzt bitte ich dich um Folgendes: Stell dir vor, du blickst vom Himmel aus auf die Erde. Du siehst den Erdball mit den Meeren, den Bergen, den Tieren, Pflanzen und Menschen. Was würdest du tun, damit es allen Menschen gut geht?"

Pia: „Ich würde es regelmäßig regnen lassen, ich würde auch regelmäßig die Sonne scheinen lassen. Ich würde Futter für die Tiere und für die Menschen hinunterregnen lassen."

Naima: „Das sind tolle Ideen!"

Pia: *„Ja, und ich würde wollen, dass sich jeder Mensch auch um die Tiere und um die Pflanzen kümmert."*

Naima: *„Wie gehst du das an? Wie ist das zu schaffen?"*

Pia: *„Ich würde jeden dazu auffordern, dass er sich um Tiere und Pflanzen kümmert. Man kann sich auch um kranke und arme Menschen kümmern. Ich würde wollen, dass alle Menschen sich um jemanden kümmern."*

Naima: *„Dann würde jeder Mensch für irgendein anderes Lebewesen sorgen."*

Pia: *„Mhm. Und um Pflanzen!"*

Naima: *„Genau. Bedeutet das, dass sich jeder Mensch entweder um ein Tier, eine Pflanze oder um einen Mitmenschen kümmern soll?"*

Pia: *„Um alle drei!"*

Naima: *„Es soll sich also jeder Mensch um ein Tier, eine Pflanze und um einen Mitmenschen kümmern."*

Pia: *„Oder um mehrere Tiere oder um mehrere Pflanzen oder um mehrere Menschen."*

Naima: *„Dazu brauchen die Menschen wohl auch allesamt ein gutes Herz."*

Pia: *„Das schenke ich ihnen eh allen."*

Naima: *„Angenommen, alle Menschen haben von dir schon ein gutes Herz bekommen. Was wäre dann auf der Erde alles anders?"*

Pia: *„Das Klima würde sich ändern, die Tiere und Pflanzen hätten dann eine große Überlebenschance. Mir fällt noch etwas Wichtiges ein: Ich würde anordnen, dass man nur die Tiere abschlachten darf, von denen es ganz ganz ganz viele gibt, aber auch nicht zu viele. Wenn zum Beispiel in einem Wald über tausend Rehe leben, dann darf man da schon einige schlachten, nur nicht die, die Kinder haben."*

Naima: *„Hast du eine Idee, wie du die Tiere schonend schlachten würdest?"*

Pia: „Also man dürfte nie mehr als zehn Rehe in einem Wald schlachten."

Naima: „Wovon sollte sich die Menschheit dann hauptsächlich ernähren?"

Pia: „Von Beeren, Gemüse, Kräutern und Getreide. So wie ich auch. Ich bin Vegetarierin."

Naima: „Denkst du dir auch manchmal: ,Es gibt so viele Autos?'"

Pia: „Die würde ich auch verbieten."

Naima: „Und wie könnten wir uns dann treffen?"

Pia: „Wir würden mit dem Zug fahren. Ich würde nur Züge erlauben, die nur dann fahren dürfen, wenn sie voll besetzt sind, damit man nicht zu viel Energie verschwendet. Ich würde Züge bauen, die nicht mit Benzin fahren, sondern mit einem lang haltbaren Stoff."

Naima: „Welcher Stoff könnte das sein?"

Pia: „Zum Beispiel eine Batterie, die ein Jahr hält, ehe man sie wieder aufladen muss. Es gäbe dann auch viel weniger Züge."

Naima: „Deine Ideen zur Verbesserung der Welt und des Lebens auf der Erde sind sehr wertvoll."

Pia: „Plastik würde ich auch verbieten. Es gäbe nur Papier als Verpackung."

Naima: „Was verwendest du beim Einkaufen?"

Pia: „Ich habe immer Stoffbeutel mit. Die halten sehr lange und wenn sie schmutzig werden, kann man sie waschen. Auch auf das Wasser müssten die Menschen mehr aufpassen. Sie dürften es nicht verschwenden."

Naima: „Es gibt Dörfer, wo es nur einen Brunnen mit Trinkwasser für alle Bewohner gibt."

Pia: „Das Trinkwasser ist das wichtigste. Ich finde, dass jeder Mensch gleich viel Wasser haben soll. Es soll auch niemand arm sein. Alle sollen gleich viel Geld haben."

Naima: „Liebe Pia, mich mit dir zu unterhalten, ist für mich sehr anregend und ein wunderschönes Geschenk."

Pia: „Für mich auch. Machen wir jetzt Gundermann-Kräuterschokolade?"

Auf einem Parkplatz

„Ich aber wusste wohl,
dass der Irrtum nicht das Gegenteil der Wahrheit ist,
dass er nur eine andere Anordnung darstellt [...]."
(Saint-Exupéry, 1999, S. 90)

Es ist der letzte Einkaufssamstag vor Weihnachten und es strömen unzählig viele Menschen in die Shoppingcenter. Noch ist von der stillsten Zeit im Jahr nichts zu spüren.

Valentina beschließt kurzfristig, ihrer Freundin Britt eine besondere Weihnachtsfreude zu bereiten. Weil Britt oft Ärger im Job hat und mit der strapaziösen Renovierung eines Altbaus beschäftigt ist, möchte ihr Valentina eine hübsche Holzschatulle, bestückt mit entspannungsförderndem Inhalt, schenken.

Schon von Ferne sieht Valentina den großen stark frequentierten Parkplatz des Einkaufszentrums. Weil das sechsstöckige Parkhaus zu wenig Raum bot, wurde nachträglich eine weitere Parkfläche gebaut. Weil Valentina stets positiv gestimmt ist, das Allerbeste erwartet und mit Affirmationen vertraut ist, spricht sie laut zu sich: *„In wenigen Sekunden wird ein Pkw den Rückwärtsgang einlegen, um für mich einen Parkplatz freizumachen. So soll es sein."*

Reihe um Reihe sind alle Parkflächen verparkt. Einige Fahrzeuge verlassen das Parkgelände und deuten den Einfahrenden an, dass es keine Parklücken mehr gibt. Valentina bleibt davon unbeirrt und glaubt an das Glück. Prompt macht unmittelbar vor ihr ein Auto einen Platz frei. Die Wirkung positiver Glaubenssätze hatte sich wieder einmal bestätigt. Sie freut sich. Ein kurzer Blick auf die Uhr genügt, sodass Valentina ihr Auto zügig verlässt, um die letzte Stunde vor Ladenschluss für den Kauf des Geschenks zu nutzen.

Drinnen ragt ein künstlicher, überdimensional großer und bunt funkelnder Christbaum bis in die hohe Glaskuppel des Einkaufstempels. Er hat einen Durchmesser von ungefähr sieben Metern und ist bestimmt 20 Meter hoch. Valentina ist von der Fülle an Eindrücken überwältigt und hält vor dem Ungetüm von Baum eine Weile inne.

„Mama, hat den Baum das Christkind gebracht?", hört Valentina ein kleines Mädchen ihre Mutter fragen.

„Ja", antwortet diese genervt, nicht wissend, wohin mit den prall gefüllten Taschen. Die Kleine sitzt im metallenen Kindersitz eines vollen Einkaufswagens. Das Handy der Mutter klingelt.

„Aber ist der Baum nicht zu schwer für das Christ-kind?", will die Kleine berechtigterweise wissen.

Die Mutter: *„Schatz, das weißt du doch. Es gibt ein Christkind und es gibt einen Weihnachtsmann. Be-stimmt hat der Weihnachtsmann dem Christkind geholfen."* In diesem Moment tauchen etwa zehn Weihnachtsmänner auf, um die Kauflust der Kundschaft mit einem Ermäßigungsrabatt für Einkäufe über 1.000 Euro noch mehr zu steigern. *„Mama!? Mama!?"* Die Mama telefoniert. Während das Mädchen mit fragendem Blick noch versucht, die Irritation, dass es offensichtlich mehr als nur einen Weihnachtsmann gibt, irgendwie einzuordnen, schiebt die Mutter den Wagen erneut in die Menge, um die Einkaufs-tour mit dem Handy am Ohr fortzusetzen.

Aus den unzähligen Geschäften dröhnen flotte Rhythmen, da und dort wippen Menschen zu den rockigen Christmas-Songs. Es riecht nach Kaffee, Punsch, gerösteten Mandeln, Zuckerwat-te, Pizza, Pommes und überhitztem Fritteusenöl.

In einer Drogerie kauft Valentina, was dem Körper und der Seele ihrer Freundin guttun könnte: ein thermoelastisches Nackenstützkissen, eine musikalische Traumreise zum Einschlafen, ein Mandala-Ausmalbuch und Bachblüten für den Notfall.

Zufrieden mit dem erworbenen Geschenk macht sich Valentina auf den Weg zu ihrem Wagen. Dorthin unterwegs genießt sie die frische kühle Winterluft. Der Parkplatz ist immer noch sehr voll. Wenige Meter vor ihrem Wagen fällt Valentina eine Frau auf, die offensichtlich sehr erregt ist. Sie telefoniert lautstark und gestikuliert ausufernd. Zwischenzeitlich rauft sie sich das Haar.

Die Leute sind vom Trubel in den Einkaufstempeln völlig aufgekratzt, denkt Valentina. Von Ferne betätigt sie den automatischen Türöffner und die Blinklichter ihres Wagens leuchten auf. In diesem Moment kommt die Frau schnellen Schrittes auf Valentina zu: *„Ist das etwa Ihr Wagen?",* fragt sie forsch.

Valentina: *„Wenn Sie den roten Citroën C3 Aircross meinen, ja, der gehört mir."*

Die Frau: *„Ach, so ist das, der gehört also Ihnen!"*

Die Frau deutet hektisch mit den Händen in Richtung der vorderen Stoßstange: *„Na dann schauen Sie sich einmal das Malheur hier an!"*

Valentina stellt sich vor ihr Auto: *„Auweia."*

Die beiden Wagen kleben Stoßstange an Stoßstange aneinander. Nicht ein Blatt Papier hätte dazwischen Platz.

Die Frau ist außer sich: *„Auweia!? Ist das alles, was Ihnen dazu einfällt?"*

Valentina, der die Frau langsam leidtut, versucht, sie zu beruhigen: *„Aber geh, das kann doch jedem passieren."*

Die Frau: *„Was haben Sie gesagt? Ich habe mich wohl verhört."* Nach Luft schnaubend dreht sie sich um die eigene Achse: *„Also Sie haben vielleicht Nerven!"*

Valentina: *„Letztlich ist es nur ein Blechschaden. Hauptsache, es ist Ihnen nichts passiert"*, und Trost spenden wollend: *„Wozu hat man denn eine Versicherung, wenn nicht für ein Hoppala wie dieses."*

Die Frau: *„So etwas habe ich in meinem ganzen Leben noch nicht erlebt!"* Sie ist außer sich.

Valentina: *„Oh doch. Ich schon. Ich hatte schon öfter einen Parkschaden wie diesen."*

Die Frau, nun schon leicht hysterisch: *„Ah! Die junge Dame hat das also schon öfter erlebt!?"*

Damit sie nicht noch länger den unerträglichen Anblick der Kollision ertragen muss, schlägt Valentina vor: *„Ich fahre den Wagen jetzt gleich mal ein Stück zurück. Dann werden wir sehen, wie groß der Schaden wirklich ist."*

Die Frau: *„Also das schlägt ja nun dem Fass den Boden aus."* Schnaubend vor Wut erklärt sie: *„Sie fahren nirgendwohin. Mein Mann ist verständigt und die Polizei ist hierher unterwegs."*

Valentina: *„Okay. Kein Problem. Das ist wirklich sehr gewissenhaft von Ihnen."*

Die Frau telefoniert erneut mit jemandem. Weil sie schwer atmet, sich nicht und nicht beruhigt und unentwegt auf die beiden Stoßstangen starrt, holt Valentina die Notfalltropfen, die sie für Britt gekauft hatte, aus ihrer Tasche hervor.

Valentina fürsorglich: *„Welch ein Glück! Ich habe Notfalltropfen dabei. Wollen Sie ein paar davon? Sie brauchen nur die Zunge rauszustrecken. Die wirken sofort, dann wird es bestimmt leichter für Sie."*

Die Frau ist fassungslos: *„Wissen Sie was? Ich rede mit Ihnen kein Wort mehr, ehe die Polizei da ist."*

Valentina lässt die beruhigenden Bachblüten wieder in ihrer Tasche verschwinden. Die Lösung, die sie anzubieten hatte, passte leider nicht zum Problem dieser Frau. Langsam trübt die Situation auch ihre Stimmung. Sonst kommt sie mit Menschen durchweg sehr gut aus. Dem Anschein nach hat sie es mit einer verbitterten Person zu tun.

Die Minuten bis zum Eintreffen des Streifenwagens fühlen sich wie Stunden an. Valentina spricht währenddessen kein Wort. Endlich parkt sich der Polizeiwagen ein. Zwei Beamte steigen aus.

Die Frau ergreift sogleich das Wort: *„Als ich vom Einkaufen zurückkam, klebte ihr Citroën an der Stoßstange von meinem Mercedes! Und sie tut so, als wäre das eine Lappalie. Der Schaden ist erheblich!"*

Ein Polizist zu Valentina: *„Also, wenn hier der Mercedes stand, von welchem Parkplatz ist dann Ihr Wagen auf den Mercedes gerollt?"*

Valentina bekommt augenblicklich weiche Knie: *„Gerollt???"*

Jetzt erst leuchtet es ihr auf: In der Eile hatte sie wohl das Anziehen der Handbremse und das Einlegen des Ganges vergessen, weswegen ihr Auto zu rollen begonnen und den Blechschaden verursacht hatte.

Die Dame schüttelte erbost den Kopf. Valentina war klar, dass es niemals eine zweite Chance für den ersten Eindruck geben kann.

Diese unvergessliche Begebenheit auf einem Parkplatz, die ihr und der Frau „geschenkt" wurde, muss sie erst einmal verdauen. Und was könnte hierbei hilfreicher sein, als einige der stressreduzierenden Wundertropfen?

FALTEN

Friedas Geburtstag fällt auf einen Sonntag und mitten in den ersten harten Lockdown während der Coronapandemie. Weil Emilie, die nur ein paar Häuser weiter wohnt, weiß, dass Frieda Langschläferin ist, läutet sie erst gegen 10:00 Uhr an ihrer Tür, um ihr ein Geschenk, frische Schaumrollen mit Schokoladeguss, zum Wiegenfest zu überreichen. Seit etwa vier Wochen dürfen nur Lebensmittelgeschäfte öffnen. Ab dem darauffolgenden Montag muss in öffentlichen Bereichen eine FFP2-Maske getragen werden. Man darf nur von einer Person aus einem anderen Haushalt besucht werden. Treffen mit Freunden und Familienmitgliedern, mit denen man nicht zusammenlebt, sind verboten.

Emilie, ihr Gesicht ist mit einem Mund-Nasen-Schutz bedeckt, betätigt die Türglocke. Kurz darauf sind hektische Schritte zu hören. Wenige Sekunden danach wird das im ersten Stock gelegene Fenster des Stiegenhauses geöffnet.

Rudi, Friedas Ehemann, taucht auf: *„Ja? Ah, hallo!"*

Emilie: *„Schönen guten Morgen, Rudi. Frieda hat doch heute Geburtstag und ich möchte ihr eine kleine Freude bereiten. Ist sie da?"*

Rudi: *„Ja. Ich glaube, sie ist noch im Bad. Warte, ich schau mal nach."*

Emilie: *„Danke. Ich warte solange."*

Kurz darauf taucht Rudi wieder auf: *„Ich soll dir sagen, dass sie sich noch frisieren möchte, dann kommt sie runter."*

Danach öffnet Frieda freudestrahlend die Tür. *„Hallo, Emilie! Bitte entschuldige, ich habe mich gerade fertig gemacht, als du geläutet hast."*

Frieda trägt einen flotten Kurzhaarschnitt. Das Haar ist hellblond gefärbt und hoch toupiert, um die etwas kahlen Stellen mit Volumen zu kaschieren. Die effektiv geschwungenen Kunstwimpern kommen vor dem azurblauen Lidschatten besonders gut zur Geltung. Die Lippen wirken etwas praller als sonst und leuchten in grellem Rot. Die dazu passende Bluse aus Seide mit femininem Schnitt und buntem Blütendesign umspielt die Taille.

Emilie setzt zum alljährlichen Geburtstagsständchen an und übergibt ihr die Schaumrollen. Frieda, die nahe am Wasser gebaut ist, vergießt sofort ein paar Freudentränen: *„Immer muss ich gleich heulen. Danke, danke!"* und im nächsten Moment: *„Oje, die Tusche, hoffentlich ist sie wasserfest."*

Emilie: *„Ich denke mir schon die ganze Zeit, wie hübsch du heute wieder aussiehst."*

Frieda: *„Aber geh. Die Falten sind halt mein Problem."*

Emilie: *„Welche Falten denn?"*

Frieda: *„Na da, rund um den Mund. Das ist meine Problemzone. Ganz zu schweigen von denen am Hals."*

Emilie: „Sag, den wievielten Geburtstag feierst du heute eigentlich?"

Frieda seufzend und mit abfallendem Tonfall: „Den 62."

Emilie nickt: „Wirklich? Mehr als 55 würde ich dir nicht geben!"

Frieda fühlt sich geschmeichelt: „Ehrlich?", den Kopf etwas zur Schulter geneigt.

Emilie: „Ja. Schau dich doch mal um. Wo findest du Frauen, die sich so pflegen, wie du das tust?"

Frieda: „Das stimmt schon. Heute kommen ja unsere Mädels und ihre Partner zu Besuch. Rudi hat seine Schwester mit der Familie eingeladen und vom Kirchenchor kommen Petra und Bärbel."

Emilie: „Aha. Ihr habt also heute eine tolle Geburtsparty?"

Frieda: „Ja. Und ich bin gespannt, wer die Überraschungsgäste sind. Ach, komm doch rein!"

Emilie: „Heute eher nicht. Im Lockdown halte ich mich mit Besuchen zurück."

Frieda erstaunt: „Wirklich?"

Emilie: „Ja. Mir bereiten die Virusmutationen ziemliches Kopfzerbrechen."

Frieda: „Woher hast du das mit den Mutationen?"

Emilie: „Eh von den Medien. Da gibt es die britische Variante, eine aus Südafrika und eine aus Brasilien."

Frieda: „Irgendwie kann ich das Coronathema schon gar nicht mehr hören."

Emilie: „Die britische Mutation ist ansteckender und soll vor allem bei Jüngeren noch schwerere Verläufe auslösen."

Frieda: „Glaubst du das wirklich?"

Emilie: „Ja, schon. Man braucht sich ja nur die Zahl an Todesfällen anzuhören."

Frieda schaut Emilie ungläubig an: „Die höre ich mir erst gar nicht an. Das würde nur meiner Stimmung schaden."

Um die Freude des Tages nicht zu trüben, fragt Emilie: „Und? Lässt du dich heute verwöhnen?"

Frieda: „Ja. Rudi grillt für uns alle auf der Terrasse und die Mädels haben sich ein paar Spiele einfallen lassen. Einfach der Gaudi wegen."

Emilie: „Das klingt super. Und wie fühlst du dich mit 55 plus?"

Frieda: „Wie gesagt, nicht gut. Die Falten belasten mich sehr."

Emilie: „Wir Frauen haben halt ein schwächeres Bindegewebe als Männer."

Frieda empört: „Rudi hat nicht eine einzige Falte. Ich habe diese schlaffe Haut am Hals von meiner Mutter geerbt. Die war noch früher faltig als ich. Gott hab sie selig!"

Emilie: „Und sie war auch so ein lieber Mensch, wie du es bist."

Drinnen ist das Geräusch der Espressomaschine zu hören.

Frieda: „Aber geh, jetzt zier dich nicht so, magst nicht doch auf einen Kaffee und ein Stück Malakoff-Torte reinkommen?"

Emilie rückt sich den Mund-Nasen-Schutz zurecht: „Ein anderes Mal gerne. Wenn die Pandemie vorüber ist, komme ich auf einen Kaffeeplausch vorbei."

Frieda: „Damit meine Haut auf den Fotos mit Blitzlicht nicht so stark glänzt, ließ ich mich beraten."

Emilie: „Wie denn das? Via Onlineberatung?"

Frieda: „Nein. Mit dem Computer bin ich nicht Freund. Wir haben im Ort eine Kosmetikerin. Kurz vor Ortsschild-Ende links rein. Die ist sehr kompetent."

Emilie ist irritiert, befindet sich doch das Land in einem harten Lockdown: *„Okay!?"*

Frieda: *„Jetzt benutze ich eine Foundation, die nicht ganz so ölig ist, und einen ultramatten Concealer. Seit ich in Pension bin, sind die Ringe rund um die Augen noch dunkler geworden, wie es mir scheint."*

Emilie: *„Wie erklärst du dir das?"*

Frieda lacht: *„Ich schaffe es einfach nicht vor Mitternacht ins Bett"*, und erfreut weiter: *„Aber was es nicht schon alles gibt! Die Kosmetikerin hat mir eine Probe von einem Konturenpuder mit Champagner-Ton eingepackt! Ein absolutes Must-have."*

Emilie: *„Und genau passend zum heutigen Festtag."*

Weil ein voll besetzter Wagen in die Hauseinfahrt fährt, verabschiedet sich Emilie rasch von Frieda, um mit den Menschen nicht in Kontakt zu kommen. Sie blickt sich nochmals kurz um und beobachtet, wie sich alle umarmen. Niemand hält Abstand oder trägt eine Maske.

Als Emilie am Haus von Frau Meinhard vorbeigeht, kommt ihr der Gedanke in den Sinn, *wie es wohl Frau Meinhard geht?* Ihr Mann war der Erste im Ort, der im Krankenhaus an einer CO-

VID-19-Infektion gestorben ist. Nur fünf Personen durften ihm die letzte Ehre erweisen.

IM ZOOFACHHANDEL

„Und alle Arbeit ist leer, wenn die Liebe fehlt."
(Gibran, 1998, S. 22)

Noah und Lauretta betreten einen Zoofachhandel. Freundlich begrüßen sie den Verkäufer.

Noah: *„Unsere Hündin ist 17 Jahre alt und benötigt ein Diätfutter."*

Der Verkäufer: *„Was hat sie denn? Ist sie zu dick?"*

„Nein. Sie hat Verdauungsprobleme."

Zur Auswahl stehen das Fleisch von Känguru, Pferd, Lamm, Pute und Lachs, verarbeitet zu Konservenfleisch. Doch die Tiernahrung ist nicht nur teuer, es handelt sich dabei nicht um Diätkost.

„*Haben Sie auch Meerschweinchen?*", will Lauretta wissen.

Der Verkäufer hebt ein Holzhäuschen hoch. Es bietet den erst wenigen Wochen alten Jungtieren Unterschlupf. Die Tierbabys flüchten panisch in ein anderes Häuschen. *Bestimmt wurden sie viel zu früh von der Mutter getrennt,* überlegt Lauretta. Allesamt sind die kleinen Schweinchen sehr aufgeregt.

Weil Lauretta selbst in diesem Moment die Erregtheit der niedlichen Nager zu verantworten hat, möchte sie diese wenigstens an einem Tier wieder gut machen: *„Darf ich denn eines streicheln?"*

Unsanft packt der Tierhändler mit einer Hand ein Böckchen am Schopf, ohne dabei seinen Körper abzustützen, und hält es hoch. Sogleich greift Lauretta nach dem in der Luft baumelnden Schweinchen. Es zittert und schmiegt sich in ihre warmen Hände, die ihm für einige Minuten Halt und Schutz bieten. Sein Fell ist flauschig und vierfarbig: dunkel- und hellbraun, schwarz und weiß. Das rechte Ohr ist schwarz-braun, das linke hellbraun. Auch die vier Pfötchen sind verschiedenfarbig gezeichnet. Rund um die Nase ist es blütenweiß.

„*Züchten Sie die Meerschweinchen selbst?*", fragt Lauretta.

Der Verkäufer schüttelt den Kopf und erwidert knapp „*Nein.*" Die Frage erschien ihm wohl völlig widersinnig, geradezu lächerlich.

„*Kaufen viele Menschen hier Meerschweinchen?*", will Lauretta weiter wissen.

Der Verkäufer, schon etwas genervt: „*Das wird immer weniger. Wenn überhaupt wer welche kauft, dann nur junge Tiere. Aber Geld bringen die keines.*"

Das Meerschweinchen in Laurettas Händen kostet 65 Euro.

Der Geschäftseingang ist mit hübschem Blumenschmuck dekoriert. Lauretta ist irritiert. Wo ist denn das Warmherzige, das sie noch beim Eintritt in das Geschäft zu spüren glaubte? Wissend, dass Chancen selten als solche gekennzeichnet sind, und hoffend, ihm die Liebe zu den Tieren doch noch entlocken zu können, lässt sie ihren Gedanken freien Lauf: „*Bestimmt haben die älteren Schweinchen, die nicht verkauft werden, bei Ihnen einen schönen Lebensabend.*"

Er lacht hämisch: „*Sie haben wohl keine Ahnung, wie das Geschäft des Tierhandels in Wirklichkeit aussieht, wie?*"

Lauretta: „Wie sieht es denn wirklich aus?"

Der Verkäufer: „Niemand kauft ein altes Tier."

Lauretta: „Was bedeutet das dann für die Tiere?"

Der Verkäufer: „Dann werden sie zu Futter für die Reptilien. Je fetter eine Meersau, desto größer der Leckerbissen für die Schlangen." Lauretta stockt der Atem. Dennoch blickt sie ihm in die Augen, auch auf die Gefahr hin, dass sie in ihnen Ablehnung und Unverständnis lesen wird. Er scheint von dem, was er sagt, überzeugt zu sein. Nachdem er die Funktion einer Wärmelampe in einem Terrarium überprüft hat und dabei Unverständliches vor sich hinmurmelte, wendet er sich wieder seiner Kundschaft zu: „So ist das nun einmal. Sie essen doch auch gerne ein Wienerschnitzel. Das ist die Nahrungskette."

Lauretta verneint: „Oh nein, Sie täuschen sich. Ich esse weder das Fleisch von Schweinen, auch nicht das von Fischen oder von irgendeinem anderen Tier."

Der Tierhändler kontert: „Sie sind also eine Müslifresserin?"

Lauretta: „Ja, und zwar seit mehr als drei Jahrzehnten. Die Nahrungskette aus Getreide und Gemüse schmeckt köstlich und erspart Tieren entsetzliches Leid."

Das dreifarbige Schweinchen in Laurettas Händen hält ganz still. Sein rasender Herzschlag hat sich etwas beruhigt. Es gluckst vor sich hin und scheint sich beschützt zu fühlen: *„Schauen Sie, es hat seine Hinterbeinchen ausgestreckt. Das ist ein Zeichen, dass es sich wohlfühlt."*

„Wie schön", so die knappe Antwort.

Lauretta möchte das süße haarige Bündel gar nicht mehr zurück in seinen Schicksalskäfig setzen. Die Rohheit des Verkäufers gegenüber dem Leben der ihm anvertrauten Tiere lässt sie und Noah erschaudern.

Noah möchte Lauretta noch etwas Zeit mit dem Schweinchen schenken, obwohl er nur noch raus möchte: *„Welche Tiere werden dann heutzutage gekauft?"* fragt er.

Auf eine Vielzahl an Glaskäfigen mit Spinnen, Salamandern und Schlangen verweisend sagt der Verkäufer: *„Reptilien gehen gut. Frauen kaufen hauptsächlich Spinnen. Von wegen Spinnenphobie!"*

Noah und Lauretta bezahlen die Ware, Tierfleisch in der Konserve, und verlassen dieses Geschäft und den Verkäufer, der von den Tieren zwar den Preis wusste, nicht jedoch ihren Wert erkannt hatte.

Wären sie nicht gerade auf Urlaub auf dem Land, sie hätten dieses Schweinchen mit nach Hause genommen, wenn auch dies für ihre beiden älteren Schweinchen eine gewisse Umstellung bedeutet hätte.

IM STAU

„Wenn man mich mal fragen würde, dann würde ich für alle Staus eine Mindestgeschwindigkeit einführen!" (Quelle unbekannt)

An einem Freitag vor dem verlängerten Pfingstwochenende hat sich zur Mittagszeit auf der Autobahn ein Stau gebildet. Es ist entsetzlich heiß und schwül. Zwischen den Fahrzeugen hat sich eine Rettungsgasse gebildet. Von den Auffahrten drängen weitere Fahrzeuge in die Kolonne, die nur im Schritttempo und meterweise vorankommt. Pia steht an diesem Tag schon zum zweiten Mal im dichten Verkehr, denn bereits um 06:45 Uhr kam der Verkehr auf dieser Strecke zum Stillstand.

Ein lautes donnerndes Geräusch reißt sie aus der Stauversunkenheit. Mit stark überhöhter Geschwindigkeit rast ein tonnenschwerer Sattelzug über den mittleren Fahrstreifen, der für die freie Durchfahrt von Einsatzfahrzeugen vorgesehen ist. Welche Fracht er auch transportiert, der Fahrer scheint mit Mordlust beladen zu sein. Zwischen der rechten Seite des Lkw und Pias linkem Außenspiegel beträgt der Abstand geschätzte 20 Zentimeter. Der enthemmte Lenker des Schleppers kann das protestierende Hupen eines Kombis, auf dessen Rücksitzbank zwei Kinder spielen, nicht hören. *Hat jemand ein Handy zur Hand? Ein Foto muss her!*, denkt Pia. Sie malt sich aus, wie der Fahrer im besten Fall den Arbeitsplatz verliert und wie ihm die Fahrlizenz entzogen wird. Weiter vorne verengt sich die Rettungsgasse und zwingt das monströse Gefährt zum Anhalten.

Nach mehreren vergeblichen Versuchen hat es ein Rettungswagen geschafft, sich in die linke und momentan etwas zügiger vorankommende Kolonne einzureihen. Der Rettungssanitäter auf dem Beifahrersitz kurbelt das Fenster hinunter und brüllt in die Luft: *„Ahhhhh!"* Pia lächelt dankbar hinüber, schließlich beschallt er nur Luft und gefährdet keine anderen Verkehrsteilnehmenden.

Die im Stand laufenden Motoren und der glühend heiße Asphalt erzeugen eine Mörderhitze. Pia nutzt die Zeit, um ihre Aufmerksamkeit den Plakatwänden zu schenken. Eine Hilfsorganisation bittet um Spenden. Zwei dunkelhäutige und apathisch wirkende Kleinkinder mit Hungerbäuchen werben dafür. Sie scheinen noch zahnlos zu sein. Das Gesicht der beiden Buben ist mit Fliegen übersät, ebenso ihre weit aufgerissenen Augen. Die Fotos wurden wahrscheinlich in Afrika, vielleicht in Äthiopien, aufgenommen. Daneben ist ein viel größeres Plakat zu sehen: Zahnpasta für strahlend weiße Zähne. Und darunter der Vermerk: *„Sie müssen nicht alle Zähne putzen, nur die, die Sie behalten wollen."*

Aus einem rostigen uralten Mercedes ertönt im flotten Rhythmus schriller muslimischer Pop. Der nackte Oberkörper des Fahrers ist mit Goldklunkern behangen. Sein linker Arm hängt lässig über dem Lenkrad, während er an einer Zigarette zieht, die ihm seine Mitfahrerin zwischen die Lippen steckt. Ihre unbekleideten Füße mit schwarz lackierten Nägeln ragen zum Fenster hinaus. Die ohnehin schon abgasschwere Luft wird durch den hohen Schallpegel zusätzlich belastet.

Durch den völlig überlasteten Autobahnzu-
bringer spitzt sich die Verkehrssituation im zwei
Kilometer langen Tunnel zu. Die von der rechten
Seite kommenden Fahrzeuge betätigen minuten-
lang den Fahrtrichtungsanzeiger, um auf den
beabsichtigten Wechsel des Fahrstreifens hinzu-
weisen. Jedoch werden sie von den Geradeaus-
fahrenden meist ignoriert. Pia beobachtet, wie
dieselben Fahrzeuglenkenden, die es geschafft
haben, sich einzureihen, weiter vorne anderen
ebenso das Einordnen schwer machen. Die mit
selbst eingeräumtem Vorrang im Tunnel Fahrenden starren unentwegt nach vorne. Doch we-
he dem, der es wagt, seinen Wagen ohne höchst-
persönliche Erlaubnis in Richtung Zielfahrstrei-
fen zu lenken. Eine solche wird gewährt, wenn
das Haupt des sich gefällig zeigenden Fahrers
eine kleine Nickbewegung durchführt und sich
die Blicke der Fahrenden zuvor für einen Bruch-
teil einer Sekunde treffen. Andere gewähren mit
der Hand am Lenkrad Einlass, wobei auch eine
kleine Bewegung mit dem Zeigefinger genügt.
Von wegen Reißverschlusssystem, denkt Pia. Sie
nimmt mit den von rechts kommenden Fahrzeuglenkenden Blickkontakt auf, um ihren Wagen abzubremsen und einen nach dem anderen
die Vorfahrt zu ermöglichen. Weil sie mehr als
nur ein Fahrzeug in die Kolonne einordnen lässt,

vermindert der nachfahrende Lenker den Abstand zwischen seinem und Pias Wagen. Um die wenigen Meter, die zwischen den Autos liegen, zu durchfahren, steigt er viel zu fest aufs Gas. Im Rückspiegel ist der erhobene Mittelfinger seiner Hand zu sehen, während ein Dauerhupton erschallt. Intuitiv schließt Pia die Fenster und versperrt das Auto von innen.

Sie blickt nach links. Schweinerüssel recken sich durch ein paar Gitterstäbe eines Lkw. Pia liebt das Grunzen dieser aufgeschlossenen, enthusiastischen Tiere. Sogleich macht sie Platz für die Todesfahrt der Tiere in den Schlachthof. *Niemals können wir es rechtfertigen, durch euren Tod unsere verwöhnten Mäuler zu stopfen.* Ein junges Paar am Buffet in einem Restaurant kommt ihr in den Sinn. Man konnte dort Fleisch vom Schwein, Strauß, Krokodil und Känguru auswählen und einem Koch zum Braten reichen. *„Was ist das, was du da isst?"*, fragte ihn seine Begleiterin. *„Weiß ich doch nicht. Jedenfalls schmeckt alles gleich."* Im Wagen neben Pia fährt ein verliebtes junges Pärchen. Sie essen Semmeln, wahrscheinlich gefüllt mit dem Fleisch von dahingemetzelten Tieren. Andeutungsweise lächelt Pia hinüber, hoffend, dass es liebe Menschen sind. Weil ihr Versuch nicht erwidert wird, bricht sie ihn schließlich ab.

Mit knapp einer Stunde Verspätung kommt Pia unversehrt zu Hause an. Als sie ihren Garten betritt, betet sie im Stillen: *Hoffentlich ist die Fahrt für euch, liebe Schweine, auch schon zu Ende.*

SEVERUS SNAPE

„Leicht finden wir Freunde, die uns helfen; schwer
verdienen wir uns jene, die unsere Hilfe brauchen."
(Saint-Exupéry, 1999, S. 27)

Rita nimmt psychologische Unterstützung in
Anspruch. Sie arbeitet seit neun Jahren als IT-
Technikerin in einem großen Konzern: *„Meinem*
Chef, dem Griesgram, lächelt nie. Nach notorischer
und erfolgreicher Fehlersuche genießt er es, mich vor
der Kollegenschaft zu blamieren, während er andere
ohne Grund bevorzugt. Er ist ein abscheulicher
Mensch und hat nichts Besseres zu tun, als mir die
Freude an der Arbeit zu vermiesen."

Sabine: *„Kennst du eine Märchen- oder Filmfigur,*
die dich an deinen Chef erinnert? Ein Geschöpf oder
ein Jemand mit ähnlichem Aussehen, Charakterzügen
oder Verhaltensweisen?"

Spontan kommt Rita Severus
Snape in den Sinn, das ist einer
der bösen Zauberer bei Harry
Potter, gespielt von Alan
Rickman. Snape kann sein Gegenüber durchschauen und
dessen Gedanken „lesen". Weil
er Schüler aus einem bestimmten Lager bevorzugt und

andere fortwährend schikaniert, ist er verhasst.

Sabine: *„Was hat Severus Snape mit deinem Chef gemeinsam?"*

Rita: *„Er hat auch schmieriges nackenlanges Haar, einen verschlagenen Blick und er ist sehr gescheit."*

Rita erzählt, dass Harry Potter während seines Okklumentikunterrichts, bei diesem wird die magische Verteidigung des Geistes gegen das Eindringen von außen gelehrt, auf ein Detail aus Snapes Vergangenheit stieß, wonach die Ehe seiner Eltern und auch Severus' Kindheit sehr unglücklich verliefen. Severus hatte sich oft gedemütigt gefühlt. Vor allem beschwerte die unglückliche Liebe zu Lily sein Herz.

Rita wirkt nachdenklich. Beim Wechsel der Blickrichtung auf ihren Chef stellt sie schließlich fest: *„In Wahrheit ist mein Chef wie Severus Snape, ein sehr verletzter Mensch."*

„HABEN SIE EINEN KLEBER DABEI?"

„Ich-liebe-dich sagt sich so leicht! Was wissen die Küsse der Jugend von den Speichelfäden des Alters? Wer nimmt am Geruch von Kinderwindeln schon die Hilflosigkeit der Greise wahr?" (Busta, 1995, S. 74)

„Hallo!"

„Ja bitte?"

„Haben Sie einen Kleber dabei?"

Die Zahnprothese des Oberkiefers sitzt bei dem hochbetagten Mann, der in einem Altenheim wohnt, locker. Mit einer Hand drückt er die Oberkieferprothese an den Gaumen. Er sitzt im Rollstuhl im Aufenthaltsraum, vor ihm steht ein Tisch. Seine Sprache ist etwas verwaschen.

Vanessa, die ihre Oma im Altenheim besucht, wendet sich ihm zu: *„Sie meinen wahrscheinlich eine Haftcreme?"*

Der alte Mann deutet mit dem anderen Zeigefinger in Richtung Mund: *„Die halten nicht."*

Vanessa: *„Leider habe ich keine Haftcreme dabei. Bitte fragen Sie die Krankenschwester."*

Der Mann wirkt etwas verzagt. Nirgendwo sind Pflegekräfte zu sehen, auch nicht zu hören.

Vanessa möchte den Mann nicht allein zurücklassen: *„Ohne Zähne kann man nichts beißen. Außerdem könnten Sie sich an den Lippen verletzen."*

Der Mann: *„Früher hatte ich nie ein Problem beim Beißen."*

Weil der Zahnersatz überdimensional groß aussieht, fragt Vanessa den Mann: *„Kann es sein, dass Sie Gewicht verloren haben, und die Prothese deshalb nicht mehr gut sitzt?"*

Der Mann: *„Früher wog ich weit über 100 Kilo."*

Eine zahnlose Bewohnerin, die neben ihm Platz genommen hat, schaltet sich ein: *„Früher hast u aber auch Schweinebraten gegessen und dir das Brat-fett daumendick auf das Pausenbrot geschmiert."*

Der Mann: *„Früher, früher! Früher war ich auch recht fesch."* Seine Mundwinkel bewegen sich nach oben. Dadurch hält die Prothese wieder.

Die zahnlose Dame kichert vor sich hin: *„Ich lass mir die Zähne nicht mehr richten. Die Schererei beim Kieferchirurgen spare ich mir. Nach dem Reißen war mein ganzes Gesicht dunkelblau und geschwol-len."*

Immer noch ist keine Pflegeperson zu sehen.

Vanessa: *„Die Prothese wird auch mit dem Kleber nicht mehr halten. Ich glaube, Sie brauchen eine neue, außer, Sie nehmen wieder an Gewicht zu."*

Der Bewohner überlegt: *„Das geht hier drinnen nicht. Mit Salat und Kompott kann man nicht zu-nehmen. Abends gibts nur Grießkoch oder einen Va-nillepudding. Ich müsste mir das Gewicht beim Wir-*

ten drüben rauffuttern, dann würden die Zähne auch wieder passen."

Vanessa: „Und Sie könnten auch wieder mal ein Schnitzel essen."

Kurz schließt der Mann die Augen und legt den Kopf etwas zurück: „Hmmm … Schnitzel!"

Von Ferne sind Pflegekräfte zu hören. Nachdem sich Vanessa von den Bewohnenden verabschiedet hat und den Wohnbereich über das Stiegenhaus verlässt, hört sie den alten Mann laut rufen: „Hallo!"

Irgendjemand erwidert: „Ja bitte?"

Der Mann: „Haben Sie einen Kleber dabei?"

„FÜR IRGENDJEMAND BIST DU DIE WELT!"

„Ich wage es, mich selbst so anzusehen, so zu lieben, wie ich bin und mich auch so zu zeigen, ob ich nun dafür geliebt werde oder nicht."

(Schaffer, 1987, S. 26)

Irma ist Fachreferentin für die Pflege von terminal erkrankten Personen. Sie hält im Rahmen einer Weiterbildung für Palliative Care ein Seminar über die Pflege von Menschen mit Amyotropher Lateralsklerose. Ihr guter Ruf eilt ihr voraus, denn die Lehrveranstaltungen, die sie hält, sind nicht nur interessant, sondern auch kreativ und abwechslungsreich gestaltet. Auf die Ausbildungsgruppe, bestehend aus 16 Pflegekräften, hat sich Irma schon sehr gefreut.

Sie präsentiert die Ergebnisse von drei Studien. Bei diesen wurden die Auswirkungen von drei verschiedenen Pflegehandlungen zur Unterstützung der beeinträchtigten Atmung bei Menschen mit dieser Krankheit untersucht. In Kleingruppen sollten die Forschungsergebnisse vor dem Hintergrund eigener Erfahrungen aus dem Praxisfeld diskutiert werden.

Der Dialog, der bis zu diesem Zeitpunkt wertschätzend verlief, artet jedoch schlagartig in Respektlosigkeit und destruktive Kritik aus: *„Da kommt mir eh schon das Grauen, wenn eine Studie nach der anderen präsentiert wird"*, so der Teilnehmer Berthold. Die neben ihm sitzende Margot schließt sich der Kritik an: *„Wenn ich nicht das ganze Studiendesign kenne, interessiert mich auch kein Ergebnis!"* Zudem erachtet sie Irmas Vortragsstil als *„zum Kotzen"* und: *„Ihre Stimme ist viel zu hoch! Dieses Piepsen ist nicht auszuhalten!"* Daraufhin packen die beiden erbost ihre Sachen zusammen und verlassen den Raum. Hinter ihnen fällt die Tür laut ins Schloss.

Irma ist perplex, sprachlos, durcheinander. Sie ringt um Fassung. Einige wenige schütteln den Kopf. Niemand äußert sich zu dem soeben Erlebten.

Irma: *„Ich brauche 20 Minuten Pause, um mich wieder zu sammeln. Es ist mir im Moment nicht möglich, das Seminar fortzuführen. Ich bitte Sie um Ihr Verständnis."*

Ehe sich Irma mit einem Glas Wasser auf die Terrasse des Ausbildungsinstitutes begibt, startet sie über ihr Notebook ein ruhiges Musikstück für Klavier und Violine von Arvo Pärt mit dem Titel „Spiegel im Spiegel", das eine angenehme melodische Einfachheit aufweist.

Die Terrasse ist von Laubbäumen umgeben. Die herbstlichen Blätter der großen ehrwürdigen Ahornbäume, von denen viele bereits zu Boden gefallen sind, rauschen im Wind. Blätter haben eine Sollbruchstelle, die das Entblättern der Bäume im Herbst unterstützt. Die entstandenen Narben werden nach dem Blattabwurf umgehend von einem schützenden Wundgewebe bedeckt.

Wenn auch die Ausführlichkeit, mit der die Studien präsentiert wurden, möglicherweise zu wenig war, rechtfertigt dies nicht eine derartige Attacke und Demütigung. Trotzdem kränkt und schmerzt das Gesagte und rüttelt gewaltig an Irmas Selbstwertgefühl. Die Blätter der Ahornbäume zeigen es eindrücklich vor, dass es möglich ist, loszulassen. Da regt sich in Irma der Wunsch, ihre eigene Sollbruchstelle zu aktivieren, wenigstens für die kommenden Stunden bis zum Ende der Fortbildung.

Intuitiv nimmt sie einige Blätter mit in den Lehrsaal und legt sie auf die beiden leer gewordenen Stühle: *„Ich möchte nicht Berthold und Margot loslassen, sondern die Kränkung, die ich durch sie erfahren habe."*

Im Seminarraum ist Betroffenheit spürbar. Irma konzentriert sich wieder auf die Seminarthemen und hält tapfer durch. Die Teilnehmenden erlebt sie überaus bemüht. Sie beteiligen sich aktiv an der Seminargestaltung und heitern die Stimmung dann und wann mit witzigen Wortmeldungen auf.

Weil sie spät abends wegen des Vorfalls im Seminar noch aufgewühlt ist, findet sie keinen

Schlaf. Sie nimmt ihr Handy zur Hand, um zuerst die Nachrichten und danach die E-Mails zu lesen. Überrascht über den Betreff *„Nachgedanken"* öffnet sie eine Nachricht. Zu Ihrem Erstaunen handelt es sich um ein Schreiben ihrer Ausbildungsgruppe: *„Liebe Irma! Der heutige Tag bleibt uns allen bestimmt in Erinnerung, nicht nur fachlich, sondern auch menschlich. Es ist uns ein Bedürfnis, Ihnen ein Zitat von Erich Fried zu schicken. Wir hoffen, dass Sie es heute noch lesen: ‚Für die Welt bist du irgendjemand, aber für irgendjemand bist du die Welt.'"*

Die Zeilen bewegen Irma sehr und sie lässt sie bei Kerzenschein in Ruhe auf sich wirken. Es gibt wohl Mächte, die den Menschen sein Menschlichstes vergessen lassen. Was aber kann man dagegen tun? Irma überlegt, wem dieses Zitat, das ihr die Seminarteilnehmenden schickten, möglicherweise noch helfen könnte. Vielleicht Berthold und Margot? Einmal möchte sie über diesen Gedanken noch schlafen.

„WAS NOCH NIEMAND
VON MIR WEISS."

„Sagt nicht: ‚Ich habe den Pfad der Seele gefunden.'
Sagt lieber: ‚Ich habe die Seele auf meinem Pfad wan-
delnd getroffen.'" (Gibran, 1998, S. 42)

Als Leitende einer einjährigen Weiterbildung in Palliative Care eröffnet Maria den letzten Tag mit den Worten: *„Ein Jahr lang sind wir nun ein Wegstück Palliative Care gemeinsam gegangen. Nur an vier von insgesamt 13 Tagen trafen wir im Seminarraum zusammen. Dann kam die Coronapandemie. Einige Module wurden virtuell abgehalten, weshalb wir einander weniger oft als geplant sahen. An diesem letzten Tag unseres Zusammenseins lade ich dazu ein, etwas zu sagen, was noch niemand im Lehrgang von euch weiß."*

Die Teilnehmenden sind zwischen 17 und 62 Jahre alt. Sie sitzen im Kreis. In der Mitte liegt ein großes buntes Seidentuch. Eine Kerze brennt.

Nach wenigen Minuten des Innehaltens eröffnet Charlotte die Runde: *„Es ist gar nicht so einfach, zu sagen, was noch niemand von mir weiß. Dennoch, ich bin mutig und mache den Anfang. Ich arbeite gerne und viel. Immer schon. Seit 16 Jahren pflege ich meine jüngere Schwester. Sie hat eine Mehrfachbehinderung. Wenn es nach den Ärzten geht, dürfte sie gar nicht mehr leben. Ich glaube, dass ich viele Gefühle richtig spüre und auch richtig unterdrücken kann. Wenn ich jedoch lächle, ist mir in Wahrheit zum Weinen."*

Einige wenige Minuten verstreichen.

Alexandra: *„Ich habe eine Hündin."*

Stille.

Rebekka: *„Ich hatte auch einmal einen Hund. Jetzt habe ich Zierfische, weil mein Mann keine Hunde mag. Katzen kann er auch nicht leiden. Aber mit den Fischen habe ich auch viel Freude!"*

Wortlos sitzen alle beisammen, umfangen von liebevollen Blicken, geborgen im einander Zulächeln.

Maximilian: *„Wenn es mir zu viel wird, werde ich lustig. Die Balance zwischen dem Leid und der Leichtigkeit zu finden, fällt mir sehr schwer."*

Viele nicken zustimmend.

Teresa: *„Einige Gelegenheiten habe ich verpasst. Seither fühle ich mich schuldig."* Sie weint. Charlotte geht zu ihr und nimmt sie in die Arme.

Heike: *„Schmetterlinge sind für mich Boten, die immer wieder vorbeischauen und Grüße von meinen Lieben von drüben ausrichten."*

Die Erinnerung an Vorausgegangene wird wachgerufen.

Petra: *„Ich liebe Schaumrollen mit Schokoladenguss."*

Petra lacht.

Ingeborg: *„Mein Sohn hat die Matura geschafft."*

Dominik: *„Am Abend fühle ich mich oft einsam. Eigentlich weiß ich nicht, warum das so ist. Aber in der Einsamkeit bin ich auch frei."*

Die Kerzenflamme bündelt die Aufmerksamkeit von allen.

Ilse: *„Ich habe einen Nachbarn, der weder Arme noch Beine hat. Außerdem ist er auch noch vollblind. Er lebt allein und malt mit dem Pinsel im Mund Aquarelle. Ich habe ihn noch nie klagen gehört."*

Unaufhaltsam bewegen sich die Anwesenden aufeinander zu, innerlich, und reglos im Außen.

Birgit: *„Vor meinem Schlafzimmerfenster steht ein alter Nussbaum. Er hat einen anderen Umgang mit der Zeit. Er ist nicht so schnell wie ich."*

Die Zeit scheint jetzt stillzustehen.

Marie: *„Der Tod meiner Schwiegermutter wirkt in unserer Familie nach. Diese Lücke lässt sich nicht mehr schließen. Wenn wir nicht über sie reden würden, wäre sie einfach weg. Das bedrückt mich sehr."*

Tränen finden endlich den Weg nach draußen.

Anita: *„Vor drei Jahren ist mein Baby verstorben. Es hat drei Stunden gelebt und wurde notgetauft. Marie, ich kann dich so gut verstehen!"*

Marie setzt sich auf den Boden und lehnt sich an Anitas Beinen an.

Karl: *„Nach dieser Ausbildung möchte ich meinem Partner einen Heiratsantrag vor Klimts Kuss-Gemälde im Schloss Belvedere machen. Jedoch bin ich unsicher, ob ich ihn damit nicht überrumple."*

Luise: *„Alle sechs bis sieben Jahre habe ich mich beruflich verändert. Den Ehemann habe ich aber nie gewechselt. Wir sind schon seit 44 Jahren zusammen. Er geht bald in Pension. Ich freue mich sehr für ihn."*

Davin: *„Ich brauche lange, bis ich mich in einer Gruppe wohlfühle. Das spiegelt sich auch in meinem Freundeskreis wider. Vielleicht hängt es damit zusammen, dass ich Ausländer bin."*

Die Kerzenflamme ist immer in leichter Bewegung, dennoch kann sie nicht außer Kontrolle geraten.

Sandra: *„Seit einem Jahr bin ich bei der Feuerwehrjugend aktiv. Die Buben und Mädchen sind zwischen acht und 16 Jahre alt. Um den Jugendlichen während dem Lockdown die Zeit zu Hause zu verschönern, habe ich für sie online eine Sammlung verschiedener Spiel- und Bastelmöglichkeiten zusammengestellt. Und ich bin auch bei der Landjugend engagiert."*

Engelbert: *„Ich hatte fünf Jahre in meinem Leben Durchfall."*

Josef: *„Ich erlebe mich auf Erden als Gast."*

Emilia: *„,Hauptsache gesund', lautete das Motto in meiner Familie und auch im Freundeskreis. Ich hielt diesem Druck nicht stand. Ich entschied mich zum Fetozid und tötete unser Kind."*

Thomas: *„Ich glaube an Engel."*

„ICH AHNTE DAS,
OHNE ES ZU WISSEN."

*„Die schönsten Liebesgedichte werden
nicht aufgeschrieben. Sie werden gelebt."*
(Busta, 1995, S. 77)

Kamilla ist frustriert. Das Arbeitspensum ist hoch, der Zeitdruck enorm, die Kollegen sind launisch, und für den Chef ist Lob ein Fremdwort. Die 40-Jährige ist für die Installation der EDV-gestützten Pflegedokumentation in Altenpflegeeinrichtungen zuständig. Doch die neue Hardware macht nur Probleme: Der Virenschutz lässt sich nicht installieren und es gibt beschädigte Dateien. Überdies ist von den Entwicklern wieder einmal niemand erreichbar.

Endlich ist es 13:00 Uhr und Zeit, den Speisesaal aufzusuchen. Weil es an diesem Tag extrem heiß ist, wählt Kamilla nur Salat. Einige wenige Pflegerinnen sitzen gemeinsam an einem Tisch. Alle anderen Tische sind frei, bis auf einen, an dem eine alte Dame im Sitzen eingenickt ist. Eine schwere Stoffserviette bedeckt ihren Brustkorb und auch den Bauch.

Kamilla: *„Guten Tag! Mahlzeit!"*

Die Greisin schreckt ein wenig hoch: *„Ja bitte?"*

Kamilla: „Darf ich mich zu Ihnen setzen?"

„Nehmen Sie ruhig Platz." Das schüttere Haar klebt an der schweißbedeckten Stirn. Die Hitze scheint ihr zu schaffen zu machen. Auf dem roten Platzkärtchen steht „Erna Huber".

Kamilla: „Frau Huber, was haben Sie denn gespeist?"

Frau Huber: „Nur eine Suppe. Ich habe heute nicht wirklich Appetit."

Kamilla: „Das liegt wohl an dieser extremen Hitze. Und in diesem Haus gibt es so viel Glas rundherum."

Die Dame nickt zustimmend: „Und viel zu wenig Sonnenschutz."

Sie legt die schwere Serviette ab und atmet tief durch.

Kamilla: „Ich habe Sie noch nie hier gesehen. Seit wann leben Sie im Altenheim?"

Frau Huber: „Ich bin seit zwei Jahren hier."

Kamilla: „Schon zwei Jahre?"

Frau Huber: „Ach, die Zeit, sie vergeht wie im Flug."

Kamilla lacht: „Das sagen eigentlich alle Leute, die über 50 sind."

Frau Huber lächelnd: „Ich bin einiges älter als 50."

Kamilla: „Sie scherzen."

Frau Huber: „Danke für das Kompliment."

Kamilla: „Ich liebe alte Menschen mit frohem Sinn. Sie gehören offensichtlich dazu."

Frau Huber: „Dabei hatte ich gar nicht viel zu lachen."

Kamilla: „Irgendjemand hat einmal gesagt, ‚Humor ist der Knopf, der verhindert, dass uns der Kragen platzt'. Nun aber Scherz beiseite: Was meinen Sie genau damit, wenn Sie sagen, dass es für Sie nicht viel zu lachen gab?"

Frau Huber: „Der Krieg. Was sonst? Nichts anderes hat meine Generation so geprägt wie der Krieg. Egal, wen Sie hier herinnen fragen, alle haben Kriegserinnerungen. Ach, sagen Sie doch einfach Erna zu mir."

Kamilla: „Das ehrt mich, Erna. Ich heiße Kamilla."

Erna: „Ah, Kamilla, die Ehrbare!"

Kamilla: „Ja, das stimmt!"

Erna: „Mein Mann musste an die Front. Ich hatte damals schon drei Kinder. Die Schwiegermutter war zu pflegen und das Vieh im Stall bescherte mir viel Arbeit."

Kamilla: „Und Ihr Mann? Wann kam er wieder zurück?"

Erna: „Oh, da muss ich weit ausholen. Aber wollen Sie das wirklich wissen, und haben Sie denn überhaupt Zeit?"

Nachdem Sie für sich und ihre Gesprächspartnerin noch Filterkaffee und einen Kuchen geholt hat, lauscht Kamilla interessiert Ernas Ausführungen.

Erna: „Die Schwiegerleute haben mich von Anfang an abgelehnt. Nichts konnte ich ihnen recht machen."

Kamilla: „Was hat denen an Ihnen nicht gepasst?"

Erna: „Meine Küche zum Beispiel. Die Grammelknödel waren zu klein, das Sauerkraut zu hart, der Germteig zu trocken, die eingekochte Marmelade zu sauer und so weiter und so fort."

Kamilla: „Und Sie haben trotzdem jeden Tag gekocht?"

Erna: „Ich stamme von einem kleinen Bauernhof ab und brachte nichts in die Ehe ein. Ich war also keine gute Partie für den Buben. Aber ja, das war damals das Los von den meisten Jungbäuerinnen."

Kamilla: „Und Sie mussten mit den Schwiegerleuten unter einem Dach leben?"

Erna: „Der Schwiegervater war Förster. Den hat bald eine Fichte erschlagen. Später hatte die Schwiegermutter noch einen schweren Gehirnschlag und wurde dement. Und damals war es sowieso selbstverständlich, dass die Schwiegertochter die Alten pflegt."

Kamilla: „Puh, und das unter diesen Vorzeichen! Hat wenigstens Ihr Mann zu Ihnen gehalten?"

Erna: „Ach, hin und wieder war es schwierig. Kurt war ein guter Mann. Ich war sehr verliebt in ihn. Es kam ja alles ganz anders als erhofft."

Kamilla beschließt, die heutige Mittagspause auszudehnen: „Was ist geschehen?"

Erna: „Er kam nicht aus dem Krieg zurück."

Kamilla: „Weshalb denn? Ist er an der Front gefallen?"

Erna: „Nein, eben nicht. Er wurde vermisst. Ich kontaktierte den Suchdienst des Deutschen Roten Kreuzes. Zuletzt war er angeblich in einem sowjetischen Gefangenenlager. Doch was danach mit ihm geschah, konnte man damals nicht in Erfahrung bringen."

Kamilla: „Das ist ja bitter. Wie hält man das aus, nicht zu wissen, was mit dem Liebsten geschehen ist?"

Erna: „Schwierig. Der Krieg und die Zeit danach waren extrem schwierig. Eine furchtbare Zeit war das. Das Sirenengeheul vor den Bombenangriffen, die Vertriebenen und die Obdachlosen, die Hungernden, die bittere Armut. Wir lebten von einem Tag auf den anderen. Die Kinder haben mich gebraucht. Die Schwiegermutter ist im 45er-Jahr gestorben. Ich wusste nicht, wie es weitergehen soll. Mit dem Geld wars so eng. Und irgendwie habe ich nie aufgehört, zu  hoffen, dass Kurt doch noch am Leben ist. Ich habe die Ärmel hochgekrempelt und weitergearbeitet. Pflichten gab es genug. Und davon hätte mich niemand abbringen dürfen, ich habe jedes Jahr im Garten Vergissmeinnicht gepflanzt. Und so verging ein Tag nach dem anderen."

Kamilla: „Ich kann mich vor Ihnen nur verneigen."

Erna: „Nein, tun Sie das nicht. Jede Generation hat ihr Schicksal. Die Schwestern und Pfleger hier im Altenheim haben auch ihre Probleme. Richtig große sogar. Eine ist geschieden und hat ein behindertes

Kind. Viele hier kommen aus Rumänien oder aus der Slowakei und sprechen kaum Deutsch. Erst gestern ist die Mutter von einem Pfleger eingezogen. Sie kennt sich überhaupt nicht mehr aus."

Kamilla: „Weil sie dement ist?"

Erna: „Aber vollkommen. Ich habe ihr bestimmt fünfmal erklärt, wo ihr Zimmer ist."

Obwohl Erna kaum Appetit hat, scheint sie den Kuchen zu genießen.

Erna: „Das wirklich Tragische ist, dass der Krieg ja nicht von ungefähr kommt. Einige wenige treffen die falschen Entscheidungen. Das ist das Unfassbare für mich. All diese Gräueltaten! Ach, unsere Generation hat so allerhand geleistet."

Kamilla: „Wir können nur hoffen und beten, dass wir keinen Krieg erleben müssen."

Kamilla bietet der alten Dame ein weiteres Stück Kuchen an, das sie dankend ablehnt.

Erna: „Mir ist heute eigentlich nur zum Weinen. Beim Aufwachen wars mir schon schwer ums Herz."

Kamilla: „Ich würde Ihnen so gerne Gutes tun."

Erna: „Das tun Sie ja. Sie interessieren sich für das, was ich Ihnen erzähle. Hier hat selten jemand Zeit zum Reden. Immer heißt es, ‚Ich komme gleich!', aber ‚gleich' kann lange dauern."

Sie erzählt weiter: *„Es war ja alles so schwierig, zumal es zu wenig Männer in meinem Alter gab. Die Jahrgänge waren ausgedünnt, oder besser gesagt, ausgebombt. Und einen Greis wollte ich natürlich auch nicht als Mann. Einem Bauern im Nebendorf ist seine Frau, sie hieß Lieselotte, an Unterleibskrebs gestorben. Der hatte vier Kinder und keine Frau mehr."*

Kamilla: *„Und Sie kannten diesen Bauern mit den vier Kindern?"*

Erna: *„Ich habe ihn jeden Sonntag in der Kirche getroffen. Er kannte auch Kurt, beide Männer waren Förster. Irgendwann hat er mich nach der Kirche zu sich heim auf ein paar Schmalzbrote mit Zwiebel und Most eingeladen."*

Kamilla: *„Hat er um Sie geworben?"*

Erna: *„Ja, schon. Er war ein recht fleißiger Mann. An einem dieser Sonntage hat er mich gefragt, ob ich sein Weib werden will."*

Kamilla: *„Und, wollten Sie?"*

Frau Huber: *„Wissen Sie, wollen ...? Es war bestimmt vernünftig. Wir haben beide jemanden gebraucht. Er suchte eine Frau für die Kinder und fürs Haus, ich brauchte jemanden für die Arbeit und zum Geld verdienen. Damit ich wieder heiraten konnte, hätte ich Kurt für tot erklären lassen müssen. Und* das war mir nicht möglich. Mein Gefühl sagte mir, dass Kurt vielleicht noch lebt. Ich ahnte das, ohne es zu wissen."

Kamilla: „Das stelle ich mir ganz schwierig vor."

Erna: „Ich war völlig durcheinander. Freude, Scham, Verzweiflung, alles auf einmal."

Kamilla: „Sie hatten dann gemeinsam zwei Bauernhöfe?"

Erna: „Ich habe den meinen verkauft. Eigentlich war es der von meinem Kurt."

Kamilla: „... und Sie sind dann zu diesem Bauern gezogen?"

Erna: „Ludwig und ich hatten es wirklich gut miteinander. Eines meiner Mädels, sie war erst acht Jahre alt, ist in den Fließverkehr gelaufen. Sie hatte keine Schramme, und sie sah am Totenbett aus wie ein blonder Engel."

Den Kopf gesenkt und tief seufzend: „Am 11. November 1955, es war ein eiskalter Wintertag, klopfte es an der Tür. Ich erwartete niemanden und fragte, wer da sei. ‚Ich bins', und dann öffnete ich. Ich ging beinah in die Knie. Dieser Moment ist immer noch schwer zu beschreiben ..."

Erna ringt um Fassung: *„Mein Kurt war nach Hause gekommen, völlig verzehrt und um Jahrzehnte gealtert."*

Die letzten Kriegsgefangenen aus der Sowjetunion durften erst im Jahre 1955 nach Deutschland zurückkehren, nachdem sich Bundeskanzler Konrad Adenauer in Moskau für ihre Freilassung eingesetzt hatte.

Kamilla: *„Wie bitte? Kurt lebte?"*

Erna: *„Ja. Das war für uns drei, auch für Ludwig, eine dramatische Situation. Kurt war ein ganz anderer geworden. Er war sehr ernst, ruhig, und ich habe ihn nie mehr lachen gesehen."*

Kamilla: *„Sie haben immer gespürt, dass Kurt lebt."*

Erna: *„Und ich habe nie aufgehört, ihn zu lieben."*

Wegen einer schweren Kopfverletzung konnte Kurt nur wenige Worte verständlich sprechen. Er war beinamputiert, schwer traumatisiert, und musste in einer Langzeitpflegeeinrichtung betreut werden. Erna und Ludwig besuchten ihn täglich, bis er im Alter von 46 Jahren an den Folgen einer Lungenentzündung starb. Als sich Erna und Ludwig zwei Jahrzehnte später das Jawort gaben, waren zwei stille Trauzeugen an ihrer Seite: Kurt und Lieselotte.

Erna: „*So viele Jahre sind vergangen, und ich liebe Kurt mehr denn je.*"

Erna und Kamilla lassen das Gespräch noch eine Weile in Stille nachwirken, ehe Erna im Sitzen wieder eingenickt ist.

„FREUDE HABE ICH NICHT GESPÜRT. NUR HUNGER."

„Die schwersten Wege werden alleine gegangen, die Enttäuschung, der Verlust, das Opfer, sind einsam."
(Domin, 2019, S. 60)

Konrad ist 1928 geboren und Witwer. Seine Frau starb vor zwei Jahren. Das Paar blieb kinderlos. Er spürt, dass sein Leben dem Ende zugeht. Ada nimmt sich gerne der alten Menschen an. Sie besucht ihn, weil er reden möchte: *„Es geht zu Ende mit mir. Der Zeiger meiner Lebensuhr dreht die letzten Runden."* Es gibt vieles, worüber Konrad mit Ada sprechen möchte. Er weiß zunächst nicht, womit er anfangen soll.

Ada: *„Wollen Sie mir zuerst von Ihrer Kindheit erzählen?"*

Konrad: *„Ja, das könnte ein passender Einstieg sein. Ich beginne vielleicht bei meinen Eltern. Die mieteten eine kleine Wohnung in einem Bauernhaus. Wir kämpften natürlich mit der Armut. Im Winter war es in den Wohnräumen, vor allem im Schlafzimmer, bitterkalt. Ich schlief auf dem Dachboden."*

Ada: *„Gab es warme Federbetten?"*

Konrad: *„Die gab es. Aber bei den Minusgraden war es dennoch viel zu kalt. Zum Kochen und Heizen der Stube verwendeten wir einen Holzofen. Meine Mama wärmte darin einen Ziegelstein und legte mir den ins Bett, und schon hatte ich es kuschelwarm."*

Die Kindheit erlebte Konrad schön und unbeschwert. Sie endete für ihn als 11-Jähriger.

„Du, du und du fährst mit!" Mit diesen Worten wurden Konrad und andere junge Burschen zur Zwangsarbeit in einem Sägewerk verpflichtet. Er und seine Freunde wollten sich mit diesem Schicksal jedoch nicht abfinden und sie beschlossen, *„bei der nächsten Gelegenheit abzuhauen."* Der Plan ging auf. Alle erreichten heil zu Fuß ihr Zuhause.

Danach arbeitete er einige Monate in einer russischen Feldküche. Weil bei dieser Arbeit für ihn

selbst nichts abfiel, buddelte er auf dem mehr-
stündigen Nachhauseweg auf den Feldern, an
denen er vorbeikam, Karotten aus, um den quä-
lenden Hunger zu stillen.

Im Alter von 15 Jahren wurde Konrad zur Gauleiterwache ins Landhaus Linz beordert. Die
Gauleiterwache war ein Wachdienst für den damaligen Nationalsozialisten August Eigruber,
Gauleiter von Oberdonau. Eigruber wurde beim
Anschluss Österreichs 1938 zum Landeshaupt-
mann ernannt. 14 Tage nach Aufnahme der Gauleiterwache erhielt Konrad den Einberufungsbe-
fehl, den Eigruber jedoch unverzüglich aufhob,
da er auf Konrads Wachdienst nicht verzichten
wollte.

Ada: *„Wahrscheinlich war das der ausschlaggeben-
de Grund dafür, dass Sie den Krieg überlebt haben?"*

Konrad: *„Alle anderen Männer in meinem Alter
erhielten einen Wehrpass und schon sind sie raus an
die Front marschiert … und gefallen."* Konrad
musste dennoch eine militärische Ausbildung
absolvieren. Er konnte mit verschiedenen Ge-
wehren, etwa mit einer MG 08/15, das ist ein Ma-
schinengewehr, schießen. Die Waffe gibt 600
Schuss in der Minute ab und besitzt eine Reich-
weite von 2.000 Metern. Auch mit einer Panzer-

faust, einer leichten rückstoßlosen Wegwerfwaffe zur Panzervernichtung, lernte er, umzugehen.

Ada: *„Bekamen Sie bei der Gauleiterwache genügend zu essen?"*

Konrad denkt nach: *„Na ja, dass ich ‚genug' hatte, kann ich nicht sagen. Es war vielleicht eine bisschen mehr als bei den Russen in der Feldküche. Nach den Sitzungen der Parteibonzen lagen überall Zigarettenstummel und halb leere Sektflaschen herum. Blöd waren wir Burschen nicht, denn wir rauchten die Zigarettenstummel und tranken den übrig gelassenen Sekt. Freude habe ich dabei nicht gespürt. Nur Hunger."*

Konrads Bruder wurde direkt vom Reichsarbeitsdienst, kurz „RAD", zum Kriegsdienst nach Russland berufen. Der RAD ging aus dem Freiwilligen Arbeitsdienst hervor, der als Reaktion auf die Wirtschaftskrise im Jahr 1931 gegründet und unter völlig anderen Bedingungen vom NS-Regime fortgeführt wurde. Beispielsweise wurde 1935 per Gesetz die 6-monatige Arbeitsdienstpflicht für männliche und weibliche Jugendliche zwischen 18 und 25 Jahren eingeführt. Man ließ ihm nicht die Zeit, sich von seiner Familie zu verabschieden. Er fiel *„für Führer, Volk und Vaterland"*, wie es in einem Brief hieß.

Konrad sinkt in sich zusammen und vergräbt das Gesicht kopfschüttelnd in seine Hände: *„Junge Männer waren Kanonenfutter."*

Ada legt tröstend ihre Hand auf Konrads Arm, wofür er sich mit leiser brüchiger Stimme bedankt. Nach einer Weile steht der alte Mann auf, um Ada ein Foto des Bruders an der Wand zu zeigen: *„Werner war erst 20 Jahre alt!"* Die Schwarz-Weiß-Fotografie zeigt einen lachenden strohblonden Jungen mit Latzhose auf einem Fahrrad.

Ada: *„Er scheint auf sein Fahrrad stolz zu sein."*

Konrad: *„Das kann man wohl sagen. Er hat so lange gebettelt, bis ihm der Vater zum Geburtstag sein Rad überlassen hat."*

Jetzt erst bemerkt Ada, dass Werner unmöglich mit dem viel zu hohen Waffenrad hätte fahren können.

Konrads Augen leuchten auf und er schwelgt ganz und gar in dieser schönen Erinnerung: *„Darum hat er es zwei, drei Jahre nur geschoben, ehe er erstmals damit fahren konnte."*

Ada erscheint dieser entspannte Moment als geeignet, um selbst gebackene Kekse auszupacken und sie mit Konrad zu genießen. Während sie den angebotenen Nussschnaps dankend ablehnt, nimmt Konrad davon einen kräftigen Schluck. Sie selbst wählt einen Himbeersaft.

Ada: *„Haben Sie auch die Bombenangriffe auf Linz im Jahr 1945 erlebt?"*

Konrad nickt: *„Ja!"*

Ada: *„Wie haben Sie diese in Erinnerung?"*

Konrad: *„Naja, ich war einfach jung. Das war ein Abenteuer für mich."*

Nahezu täglich heulten um Punkt 11:00 Uhr die Sirenen. Die Menschen flüchteten in die Stollen des Linzer Märzenkellers, das war der alte Bierlagerkeller des Stadtbrauhauses, der 2.000 Personen aufnehmen konnte. Wegen der Nähe zum Bahnhof diente er hauptsächlich dem Schutz von Bahnreisenden. Konrad und einige seiner Freunde liefen manches Mal auf den Linzer Freinberg, um von dort oben die Luftangriffe, etwa den auf die Voest, zu beobachten.

Konrad: *„Ich kann mich noch gut daran erinnern, wie sich ein Pilot mit dem Fallschirm rettete, dessen Flugzeug abgeschossen wurde. Wahrscheinlich wurde er dann gefangen genommen."*

Der Krieg war für Konrad eine *„Selbstverständlichkeit."* Dass jedoch die meisten vom Krieg sogar „begeistert" waren, überrascht Ada: „Begeistert? Wie darf ich das verstehen?"

Konrad: „Hitler brachte den Menschen endlich Arbeit. Wäre der Hitler nicht so deppert gewesen und hätte er nicht einen Krieg angefangen, wäre es bestimmt gut für uns weitergegangen. Den Zweiten Weltkrieg hätte es bestimmt nicht gebraucht."

Konrad hatte einen Freund namens Josef: „Die Amerikaner schossen wie wild um sich, sie trafen Josef. Er verlor beide Beine. Dann bekam er eine Blutvergiftung. Die Wunde war einfach zu groß. Und damals gabs auch keine Medikamente. Josef wurde kohlschwarz. Das faule Fleisch stank bestialisch. Da haben auch die Beinwellblätter, die ihm die Krankenschwestern auflegten, nichts mehr geholfen."

Nach den Amerikanern kamen die Russen, „und dann gings so richtig los. Was nicht niet- und nagelfest war, nahmen sie mit." Dennoch waren die russischen Soldaten weniger überheblich und menschlicher als die amerikanischen: „Ein Amerikaner hätte nie einen Zigarettenstummel liegen gelassen."

Auch die Bauern kämpften mit der Armut und versteckten ihr Hab und Gut. Die Soldaten schnappten sich die Hühner und schlugen sie so hart auf den Boden, dass ihnen der Kopf vom Leib gerissen wurde. Dann wälzten sie die toten

Tierkörper in Lehm. Nachdem der Lehm einge-
trocknet war, zogen sie diesen mitsamt dem Fe-
derkleid der Tiere ab.

Konrad: *„Nur wenige Soldaten verschonten bei den
Plünderungen die Familien, die von Armut und
Hunger ohnehin schon zu Tode geplagt waren."* Weil
eine Mutter aus Verzweiflung schrie, verschonte
man sie und überließ der Familie die Matratzen.
*„Und ab 1942 konnte man in Linz überhaupt keine
Wohnungen mehr mieten, weil alles ausgebombt
war"*, erzählt er.

Auf dem Weg zur Arbeit musste Konrad, wie
Hunderte andere Pendler auch, die Donaubrücke
passieren. Wer frühmorgens zur Arbeit unterwegs war und abends nach Hause zurückkehren
wollte, egal ob mit dem Auto oder zu Fuß, wurde stundenlang von russischen Soldaten kontrol-
liert: *„Das war reine Schikane. Man musste den Iden-
titätsausweis vorweisen. Selbst wenn alle Vorausset-
zungen für das Queren der Brücke erfüllt waren, hielt
man uns stundenlang auf. Vier Stunden musste ich
dafür täglich einplanen."*

Diese Prozedur setzte sich auch nach Kriegsende fort. Und es kam noch schlimmer: Waren
Frauen in den Autos, verhielten sich die Soldaten
ihnen gegenüber übergriffig. Je jünger sie waren,
desto angespannter war die Lage. Man forderte

sie dazu auf, auszusteigen und ins Kontrollgebäude zu gehen. Von ihren Männern wurde keinerlei Widerrede bzw. Widerstand geduldet.

Konrad: *„Die russischen Männer waren Triebmonster. Sie hatten natürlich einen Notstand. Reihenweise haben sie daher unsere Frauen vergewaltigt. Sonst hätten sie keine Frauen bekommen."*

Viele Frauen wurden im Zuge von Vergewaltigungen schwanger oder starben an den Folgen der gewaltsamen Übergriffe. Einige wenige Russen umwarben die Frauen, indem sie ihnen Seidenstrümpfe schenkten: *„So sie sich nicht gefügig erwiesen, wurden sie dennoch missbraucht, halt nur zehn Minuten später."*

„War Ihre Frau auch davon betroffen?", will Ada wissen.

Konrad: *„Meine Frau hat überlebt, weil sie sich im Wald versteckte. Die Frauen waren extrem gefährdet, wir Männer nicht. Die Soldaten waren außerdem äußerst unattraktiv, weil sie allesamt, dazu wurden sie von der Partei verpflichtet, kahl geschoren waren. Nur diejenigen, die eine Charge hatten, also hierarchisch oben standen, hatten Haare am Kopf."*

Ada: *„Und wie ging es Ihnen nach Kriegsende?"*

Konrad: *„Die Zeit nach 1945 war die schwerste überhaupt, weil es keine Organisation mehr gab, und*

vor allem gab es kein Essen. Zuvor hatten wir wenigs-
ten die Lebensmittelkarten."

Weil es an der Tür klingelt und Konrad überra-
schend Besuch bekommt, verabschiedet sich Ada
von Konrad, der ihre Hand nicht loslassen möchte.

Konrad: *„Wann kommen sie wieder?"*

Das nächste Gespräch wird in Bälde, um Aller-
heiligen herum, stattfinden, denn *„das ist ein*
würdiger Tag, um Werner und den unzähligen Gefal-
lenen zu gedenken", so Konrad.

„DER HIMMEL BRANNTE."

„Wenn du durchs Minenfeld gehn mußt, nimm eine Handvoll Samen mit – Mohn oder Ringelblumen – für deine Auferstehung." (Busta, 1995, S. 23)

Im Gespräch mit alten Menschen erschließen sich für Sarah immer wieder neue Aspekte, um mit den persönlichen Verlusten besser zurechtzukommen und auch die eigene Endlichkeit annehmen zu können. Und so besucht sie regelmäßig alte Menschen, um mit ihnen über ihre Lebenserfahrungen zu sprechen.

Anna wurde 1930 im ehemaligen Jugoslawien geboren. Von 1944 bis 1951 war sie mit der Mutter auf der Flucht, ehe sie Oberösterreich, ihre spätere Heimat, erreichte.

Anna: *„Wir flüchteten aus der Batschka. Der Vater war beim Militär, der Bruder war beim Militär"*, die Stimme versagt, der Blick erstarrt, *„meine Mutter hat da noch schwer um Rosa getrauert."*

Rosa war Annas jüngere neunjährige Schwester. Sie starb 1943 an Rachendiphtherie. Ein Kind mit dieser Diagnose hatte in der damaligen Zeit kaum eine Überlebenschance, zumal es auch noch keine Impfung gab.

Anna: *„Zuerst waren wir zu Fuß nach Österreich unterwegs. Dann wurden vom Militär Pferde organisiert. Die Tiere zogen einfache selbst gebaute Gefährte aus Holz, mit Menschen vollgestopft bis auf den letzten Platz. Weil Mutter schwanger war, hatten wir Glück und erheischten noch einen Platz."*

Die weitere Flucht von Anna und ihrer Mutter erfolgte in Viehwaggons und führte nach Görlitz, in die preußische Provinz Schlesien.

Sarah: *„Es war also jeder Tag voller Ungewissheit?"*

Anna: *„Ach, ich weiß nicht. Ich finde dafür keine Worte. Es war Krieg. Die ganze Welt war in Aufruhr. Jedenfalls wurden wir irgendwie immer wieder weitergeschoben."*

116

Görlitz ist die östlichste Stadt Deutschlands, die im Zweiten Weltkrieg von Zerstörungen fast völlig verschont blieb. Die Stadt liegt am Fluss Lausitzer Neiße und bildet seit 1945 die Grenze zu Polen.

Anna: *„Als wir am Bahnhof in Görlitz ankamen, warteten viele dort ansässige Menschen auf uns. Für unser Gepäck, das bestand aus einem Kopfpolster und einer warmen Decke, hatten sie Leiterwagen dabei. Wir wurden von einer Familie mit drei Kindern aufgenommen. Ganz nette, gute Leute waren das. Sie haben sich um uns gekümmert, obwohl sie selbst wegen ihrer eigenen bevorstehenden Flucht unter großem Druck standen.“*

1944 erhielt Annas Mutter ein Telegramm von ihrem Mann: *„Ich bin verwundet. Liege im Lazarett Ziegenhals. Vater.“*

Anna: *„Es ist mir heute noch ein Rätsel, wie man uns trotz der Kriegswirren finden konnte. Wir waren ja auf der Flucht und erst seit einigen wenigen Tagen in Görlitz.“*

Zu Weihnachten wurde die Mutter vom Roten Kreuz zum Vater ins Lazarett gefahren, damit sie ihn besuchen konnte.

Anna: *„Erstmals in meinem Leben verbrachte ich Weihnachten allein bei fremden Menschen. Ich hatte*

große Angst, dass ich meine Mutter nicht wiederse-
hen würde."

Im Lazarett gebar die Mutter ihr drittes Mäd-chen Käthe. Weil Annas Vater nicht transportfä-hig war, setzte die Mutter die Flucht allein mit Anna und dem Neugeborenen fort. Im Februar 1945 erreichten sie die elbische Stadt Dresden, die bis dahin vom Krieg verschont geblieben war.

Am 13., 14. und dann noch einmal am 15. Februar 1945 flogen Bomber der britischen Royal und der US-amerikanischen Air Force drei große Luftangriffe, die die Dresdener Innenstadt in Schutt und Asche legten. 350.000 Menschen fanden bei dieser Massenbombardierung der Alliierten wenige Wochen vor dem Ende des Zweiten Weltkrieges den Tod. Wie viele Opfer es tatsächlich waren, ist bis heute unklar.

Anna: *„Ich erinnere mich an die Nacht vom 13. auf den 14. Februar 1945. Es erfolgten zwei Angriffswel-len. Das kann man gar nicht beschreiben. Der Him-mel brannte, so weit das Auge reichte."*

Vor dem ersten Luftschlag heulten die Sirenen auf. Der Anschlag dauerte 25 Minuten. Ein wei-terer Angriff der Royal Air Force erfolgte um 01:23 Uhr. Dieser Bombenhagel löste ein Flam-meninferno aus: *„Der zweite Anschlag kam wie aus*

dem Nichts. Die Elektrizität lag nach dem ersten Angriff weitgehend lahm, daher waren nur wenige Sirenen zu hören. Es war gespenstisch, teuflisch."

Es wurde ein Feuersturm entfacht. Dabei ent-
stand infolge einer bestimmten Bombenabfolge
ein Sog in der Stadt, der einen Sturm verursach-
te, um das Feuer noch mehr anzufachen.

Anna: „Wir hatten pures Glück. Man brachte uns
gleich nach der Ankunft in Dresden in Baracken, die
auf einem freien Gelände standen. Luftschutzkeller
gab es da keine."

Nach dem ersten Angriff liefen in Dresden einige mutige Menschen mit Handsirenen durch
die Straßen, um die Leute vor einer weiteren
Bombardierung zu warnen. Die Leute suchten
Schutz in den Kellern ihrer Häuser.

Anna: „Es waren in dieser Nacht so viele Flüchtlin-
ge am Bahnhof. Die meisten kamen ums Leben. Über-
lebende liefen in Panik umher und fingen durch den
glühend-heißen Asphalt Feuer. Es ist unvorstellbar,
Menschen wurden zu laufenden Fackeln!"

Anna, ihre Mutter und die kleine Rosa überleb-
ten, weil sie wenige Kilometer von der Stadt entfernt untergebracht waren.

Anna: „Obwohl die Bomben krachten, hörten wir
von Ferne die qualvollen verzweifelten Schreie der

Menschen. Das war das deutsche Hiroshima. Wir hatten den Flammentod Tausender vor Augen. "

Der Vater kehrte im Jahre 1947 aus der Gefangenschaft von der Insel Sylt nach Hause zurück. Zeitlebens suchte er nach dem seit 1944 vermissten Sohn. Leider vergebens.

Anna: *„Meine Mutter war erst sechs Jahre alt, als der Erste Weltkrieg ausbrach. Ihr ganzes Leben war vom Krieg geprägt. Und meines auch. Als Kind hat mir das Warmherzige an ihr sehr gefehlt. Aber heute versteh ich das, sie kämpfte ja nur um unser Überleben. Erst im Alter wurde sie herzoffener. Einmal habe ich sie dabei beobachtet, wie sie mit einer Nachbarin scherzte. Aber so hat mein Vater sie nicht mehr kennengelernt."*

1950 gebar Anna ihren ersten Sohn. Doch er verstarb am sechsten Lebenstag völlig unerwartet. Kurz durfte sie das *„angeblich tote Kind"* sehen. Sie ist davon überzeugt, dass Heinz nur schlief, als er von den Amerikanern entführt wurde. Wenige Wochen nach der Geburt von Heinz verunglückte der geliebte Vater tödlich. Er half einem Nachbarn beim Bau einer Garage und stürzte dabei in den Tod.

Annas zweiter Sohn kam 1963 zur Welt. Aufgrund einer Niereninsuffizienz befand er sich immer wieder in Lebensgefahr. Anna spendete ihm eine Niere: *„Das Leben ist nicht so einfach."*

Sarah: *„Wie haben Sie diese Erfahrungen geprägt?"*

Anna: *„Man muss das Leben nehmen, wie es kommt. In meinem Leben gab es immer viele Fragezeichen. Aber es passt unterm Strich. Ich bin dennoch ein dankbarer und zufriedener Mensch geworden."*

Anna leidet seit vielen Jahren an einer Muskelerkrankung, weshalb sie vollkommen auf die Unterstützung des Pflegepersonals angewiesen ist.

Anna: *„Die Schwestern hier im Altenheim sagen, dass ich ein ‚Krawallstoppl' bin."*

Sarah: *„Warum das denn?"*

Anna schelmisch: *„Weil ich jeden Tag um 05:00 Uhr in der Früh mit den Vögeln ein Lied singe, und zwar inbrünstig!"*

„DEIN VATER WIRD STERBEN.
HEUTE NACHT."

„Als du heute gingst [...], da schien es mir, als wäre es zum letzten Mal. Dann aber wusste ich, dass du ein ewiges Ebben und Fluten in mir bist, über die Zeit hinaus." (Feichtner & Schaffer, 2018, S. 81)

Viele Jahre sind bereits vergangen. Der Tod des Vaters prägt Sabine nachhaltig. Der Vater erkrankte an einem Bronchialkarzinom. Zwei Wochen verbrachte er auf der Palliativstation. Erst wenige Monate zuvor hatte er erwartungsvoll und nach mehreren Jahrzehnten Schichtarbeit den Ruhestand angetreten. Die Krankheit brach in das Leben der Familie ein und raffte das Seine dahin. Unbarmherzig und radikal fühlte sich das Wissen um seinen nahen Tod an. Ohnmacht war allgegenwärtig. Sabine führte damals ein Tagebuch.

Mittwoch

Die palliative Chemotherapie wurde versucht, um Lebenszeit zu gewinnen. Vergeblich. Nie vergesse ich deine weit aufgerissenen Augen, als der Arzt das Zimmer mit dem Blutbefund betrat. Von diesem Befund war die Fortführung der Therapie abhängig. Unsere Hoffnung wurde enttäuscht. Wir wollten beide stark sein in diesem Moment. Stattdessen: Verzweiflung und Fassungslosigkeit. Die unbarmherzige Angst vor dem Kommenden hatte sich zu uns ans Krankenbett gesetzt.

Vater: *„Das war der letzte Strohhalm."* Geteiltes Trauer-Weh bis ins Innerste. Nach einer Weile: *„Aber morgen kaufe ich mir ein neues Auto."* Hat das soeben mein Vater gesagt? Wir umarmten einander wieder, diesmal lachend. Automarke, PS und Kurvenlage des neuen Gefährts … eigenartige Themen, die wir beredeten. Doch das war kein Verharmlosen, auch kein Verdrängen. Eher ein „Über Wasser halten". Sonst wären wir ertrunken.

Samstag

Das Leben pulsiert unterschwellig und dein Wille ist stark. Dein Körper wird jedoch schwächer, von Tag zu Tag. Der Tumor wächst invasiv und Atemnot unterbricht immer öfter dein noch Leben-Wollen. Die diabetischen Füße schmerzen und die Geschwüre an den Fersen werden nicht mehr heilen. Du möchtest nach Hause. Daheim würdest du das Gehen wieder lernen, sagst du zu mir. Aber gehen mit offenen Fersen? Ich sorge mich.

Dienstag

Heute wurde Papa mit einer Schmerzpumpe nach Hause entlassen. Das Wohnzimmer ist nun sein Krankenzimmer und ein höhenverstellbares Bett hat den Platz der Couch eingenommen. *„Bitte verzeih, weil nun das Bügelbrett als Esstisch fungiert."* Aber das war gar kein Thema für ihn. Einzig wichtig: *„Ich will heute mit dem Gehen beginnen. Weißt du das noch?"*

Mich sanft ermahnt fühlend erwiderte ich: *„Ein hervorragendes Ziel, Papa! Wie sollen wir beginnen?"*

Vater entschlossen: *„Zuerst einmal stehen und mich dabei am Wagerl* (Rollator) *halten.“*

Mittwoch

Heute war es so weit. Zuerst saß Papa an der Bettkante. Wir machten Armbewegungen zur Aktivierung des Kreislaufs, auch Kräftigungsübungen für die Beinmuskulatur. Ihm gefielen diese Übungen. Ich konnte fühlen, wie motivierend er es empfand, weil ich ihn in seinem Vorhaben, das Gehen wieder zu erlernen, unterstützte. Dann bist du aufgestanden und nach wenigen Sekunden wieder erschöpft auf die Matratze zurückgesunken: *„Viel stärker, als ich dachte.“* Deine Stimme war brüchiger und leiser als sonst. Dein Blick verriet Enttäuschung und auch Vorwärtsenergie. Wir planten einen weiteren Gehversuch für den nächsten Tag.

Donnerstag

Vater lag heute die Zeitung lesend im Bett. Er wirkte zufrieden: *„Heute gehe ich nicht. Wir verschieben auf morgen.“* Dabei sah er mich nicht an. Er verließ nie wieder das Bett. Beide machen wir uns Gedanken über seinen Tod. Wir wissen, dass es kein Gesund-Werden mehr gibt, und hoffen auch nicht mehr darauf. Stattdessen konzentrieren wir uns auf das Leben, das bis zum Ende gelebt werden will.

Die Beziehung zu meinem Vater wurde in diesen Tagen zu etwas ganz Besonderem. *„Ich habe schon auf dich gewartet"*, so sein herzlicher Gruß, und später ein zufriedenes Lächeln beim Auseinandergehen. Wir versäumten keine Gelegenheit, um einander in Liebe, Achtsamkeit und Dankbarkeit zu begegnen.

Ganz ruhig wurde es in mir, wenn ich bei ihm verweilte, auch dann, wenn er eingeschlafen war. In diesen Stunden erinnerte ich unser Leben. Ich führte innere Dialoge mit ihm. Die Art, wie er mir stets die Haustüre geöffnet hatte, freudig *„Hey!"* ausrufend. Sein herzhaftes Loben und Stolzsein auf mich. Unvergesslich das Bohren, Hämmern und Sägen, sein konzentriertes Arbeiten in der kleinen Werkstatt, deren Schränkchen und Regale er allesamt selbst gefertigt hatte. Vater konnte einfach alles reparieren.

Ich sah sein schmal gewordenes Gesicht, das schütter gewordene Haar. Nur die buschigen Brauen waren von der Chemotherapie verschont geblieben. Der Schleim in den Atemwegen brodelte. Der kleine grüne Eimer quoll über mit Auswurf getränkten Taschentüchern. Das Wichtigste stand/lag in Griffweite bereit: der Eimer, das Schweißtuch, der Bolus-Knopf für die Pumpe, das Handy.

Zu Hause, bei meinem Vater, konnte ich nicht mehr einschätzen, ob er nun im Sterben lag oder ob ich als Tochter übermäßig besorgt reagierte. Irritierende Gedanken und Wahrnehmungen: *„Dein Sterben ist doch viel zu früh!"* und *„Könnte die rasselnde Atmung nicht Symptom einer behandelbaren Lungenentzündung sein?"* Ich war sehr unsicher und der realitätsnahen Einschätzung nicht mehr fähig.

Ich kontaktierte die diensthabende Kollegin aus dem mobilen Palliativteam. Sie hatte in dieser Nacht Rufbereitschaft. Sie trat ein, hielt kurz inne. Dann nahm sie mich an der Hand und sagte: *„Dein Vater wird sterben. Heute Nacht."* Der Zerrissenheit war Klarheit gewichen.

Wieder allein mit meinem Vater. Atemnot: Not beim Atmen. Zwischendurch: Atempausen in Überlänge. Ausruhen für Sekunden. Und wieder Atemnot. Der diensthabende Palliativmediziner, mit dem ich deswegen in Telefonkontakt war, motivierte mich zur Neuprogrammierung der Schmerzpumpe, sodass Vater Vendal®, ein stark wirksames Opiat, in höherer Konzentration und in kürzeren Abständen erhielt. Mit jedem Bolus wich die Not mit dem Atmen. Unser Miteinander schien sich aufzulösen. Vater ging. Der

Arzt: *„Wäre es mein Vater, ich würde dasselbe tun."* Das war beruhigend, vor allem entlastend.

Die Atmung hatte sich beruhigt. *Es* atmete Vater nur noch. Ein entseelter, noch luftdurchströmter Leib. *„Hilf ihm, vertrauensvoll loszulassen"*, betete ich. Ich, die ihn doch nur festhalten wollte, ermutigte nun zum Loslassen. *„Was die Liebe alles vermag"*, dachte ich. *„Dein Wille geschehe …"*, sich mir aufdrängende Worte, jedoch unaussprechlich. Nur denken konnte ich sie. Mein Wille, nicht der *Seine*, sollte geschehen.

Als ich bei meinem verstorbenen Vater verweilte, fühlte ich schmerzlich das unwiderrufliche Ende, das „niemals wieder" in seiner kompromisslosen Endgültigkeit. Doch bin ich auch eine andere geworden: dankbarer, treuer gegenüber dem eigenen Gewissen, gegenwartslebendiger, fähiger der Bindung über den Tod hinaus und fähiger der bedingungslosen Liebe.

Vater verstarb nachts an einem Karsamstag und es folgte der Morgen des Ostersonntags. Erstmals glaubte ich, zu wissen, was es bedeutet, von der Hoffnung auf Auferstehung erfüllt zu sein.

ABLEBENSRUHE

„Jeder der geht, belehrt uns ein wenig über uns selber.
Kostbarster Unterricht an den Sterbebetten.
[...] Nur einmal sterben sie für uns, nie wieder.“
(Domin, 2019, S. 79)

Anna, 15 Jahre, arbeitet in den Sommerferien im nahe gelegenen Alten- und Pflegeheim. Soeben hat sie Hedwig, sie ist 82 Jahre und ihr zur Betreuung anvertraut, nach einem Wannenbad zurück in ihr Zimmer begleitet. Anna und Hedwig kommen miteinander oft ins Gespräch. Für Anna ist Hedwig eine hochgeachtete Frau von edlem Gemüt, mit der sie auch über die großen Fragen des Lebens und des Sterbens, auch darüber, ob es einen Gott und ein Leben nach dem Tod gibt, sprechen kann. Wenn es Unstimmigkeiten in der Bewohnergemeinschaft gibt, legt Hedwig bei der einen Partei stets ein gutes Wort für die andere ein. Noch kein einziges Mal gab Hedwig Anna das Gefühl, besserwisserisch oder überlegen zu sein. Vielmehr redete sie mit ihr als eine gute Freundin. Hedwig ist lebenserfahren und leidgeprüft. Sie findet in Anna eine geduldige Zuhörerin.

„Tut Sterben weh?", *„Wie kann man sterben, ohne an Gott zu glauben?"* oder *„Was, wenn uns nach dem Tod ein schwarzes Loch, ein Nichts, erwartet?"*, waren Themen, in die die beiden Frauen in ihren Gesprächen eintauchten. Aber es waren nicht nur diese tiefgründigen Gespräche, es wurde vor allem viel gelacht. Nach jeder Begegnung hat Anna das Gefühl, von Hedwig für ihr Leben et-

was Wertvolles erfahren und mitnehmen zu dürfen, ja, sie fühlt sich sogar privilegiert, sie zu kennen.

Die alte Dame, sie legt Wert auf ein gepflegtes Äußeres, zieht ihren hellbeigen Rock und die edle mattweiße Seidenbluse an. Noch müde vom Wannenbad salbt sie ihr Gesicht mit langsamen kreisenden Bewegungen. Anna bemerkt, wie schwach und ruhebedürftig sie ist, und bleibt an ihrer Seite.

Von Annas Zimmer aus ist die ganze Parkanlage zu überblicken. Es imponiert ein alter Baumbestand aus Grünerlen und Rotbuchen. Im Frühling wandelt sich der Park alljährlich in einen paradiesischen Garten. Unzählige Bienen und Schmetterlinge umschwirren die Blütenköpfe der zahlreichen Blütenkelche, vor allem laben sie sich am Blütennektar der Wildkirschenbäume. Am Ufer des schmalen Bachlaufs wachsen Laubmoos und Hahnenfuß üppig. Auch Pfeilkraut und Vergissmeinnicht gedeihen in dieser schattigen grünen Oase prächtig.

Hedwigs Stimme tönt schwach: *„Ich bin fertig, meine Liebe."*

Anna: *„Und den Schmuck? Wollen Sie den heute nicht anlegen?"*

Hedwig trägt tagsüber eine Halskette mit weißen glänzenden Perlen, dazu die passenden Ohrclips, das letzte Geschenk ihres Mannes zum 55. Hochzeitstag, ehe er starb. Die Lippen werden mit einem Hauch hellrotem Lipgloss betont.

Nur noch ein paar Schritte, *„endlich"*, und Hedwig kann müde auf das Bett sinken, das mit einer bunten, von Hand gehäkelten Tagesdecke bedeckt ist. Der Atem ist heute schwerer als sonst. Hedwig holt tief Luft: *„Ah, danke für das offene Fenster."*

Sie legt die Stirn kurz in Falten, ehe sie die Augen schließt. Die Arme ruhen neben dem Brustkorb.

Anna hat ein ruhiges Wesen. Sie beschließt, noch eine Weile bei Hedwig zu bleiben. Als Praktikantin ist sie keinem Zeit- und Leistungsdruck ausgesetzt, so wie sie das bei den Pflegekräften beobachtet. Sie darf so lange bei den Bewohnenden sein, wie sie das für gut befindet. Nur beim Austeilen der Mahlzeiten muss sie mithelfen.

Im Zimmer ist es ruhig. Auch draußen vom Gang ist nichts zu hören. Die durchsichtigen luftigen Gardinen wehen im frischen Wind. Einige Male saßen Anna und Hedwig im Park und beobachteten den Sonnenuntergang, völlig entrückt vom Geschehen rundherum.

Der Stundenschlag der nahe gelegenen Kirchenturmuhr ist zu hören. Es ist 10:00 Uhr. Hedwig erschrickt für einen Moment und blickt sich kurz um. Als sie Anna neben dem Bett sitzen sieht, flüstert sie *„danke."* Langsam bedecken wieder die Lider ihre Augen. Mit Andacht hören Anna und Hedwig in die Tiefe dieser Stunde hinein.

Die kleinen Falten zwischen den Augen sind noch nicht verstrichen. Anna streichelt zärtlich Hedwigs Hand.

Hedwig: *„Würdest du mich ein wenig in deinen Armen wiegen?"*

Schon öfter konnte Hedwig in Annas Armen einschlafen. Bereitwillig stellt Anna das Kopfteil des Bettes höher. Sie setzt sich an den seitlichen Rand des Bettes, um den eigenen Oberkörper am aufgerichteten Kopfteil abzustützen. Hedwig lehnt sich daraufhin vorsichtig an Anna und schmiegt sich in ihre Arme.

Hedwig: *„Und ich darf das wirklich so annehmen? Einfach so?"*

Anna: *„Ja. Einfach so."*

Sanft wiegt Anna ihre Freundin. Eine wohltuende Gedankenruhe kehrt ein. Im Raum wird es immer noch stiller. Und beinah unmerklich vollzog sich der Übergang in die Ablebensruhe.

Wenn ihr Ableben auch erwartet wurde, so starb sie dennoch unverhofft schnell. Anna hatte noch nie zuvor einen toten Menschen gesehen.

Hedwigs Antlitz gleicht der einer friedlich Schlafenden, nur atemlos. Die dünnhäutigen Lider bedecken die hellblauen Augen, die im mageren Gesicht noch größer wirken. Erst jetzt bemerkt Anna, wie dicht die Lidränder der Verstorbenen bewimpert sind. Es gab kein letztes Aufbäumen, kein Stöhnen, kein Ringen nach Luft. Nichts von alldem, wovon die Krankenschwestern ihr erzählt hatten. Hedwig ist einfach gestorben. Einfach so? Gibt es ihn also doch, den guten Tod, dem keine Agonie vorausgeht, kein Leid, keine Angst und kein Kampf? Ob es wohl stimmt, dass Menschen so sterben, wie sie leben? Anna verweilt gedankenversunken, dabei die kühler werdende Haut der Verstorbenen fühlend.

Hedwig hatte keine Angst vor dem Tod. *„Ich habe stets versucht, ein guter Mensch zu sein"*, hatte sie erzählt. Und weil sie ihr Leben voll und ganz gelebt hatte, hatten das Sterben und der Tod nichts Tragisches an sich. Je zufriedener ein Mensch ist, desto weniger fürchtet er sein Ende, so lautete eine von Hedwigs Lebensweisheiten. *„Was war das Wichtigste, was Sie im Leben gelernt haben?"*, fragte Anna sie einmal.

„Die Hoffnung auf eine bessere Vergangenheit", antwortete Hedwig, jedoch hatte sie die Hoffnung auf eine gute Zukunft nicht aufgegeben. Der Schmetterling war ihr Lieblingstier. Die zarten Flügelwesen verliehen ihr das Gefühl von Leichtigkeit und Liebe. Über den Tod ihres Mannes, das Paar blieb kinderlos, ist sie nie wirklich hinweggekommen.

Hedwig ist bedächtig und achtsam gestorben. Jeder Mensch hat wohl seinen eigenen Tod, dem ihm kein anderer abnehmen kann und den es kein zweites Mal gibt.

Die Körperspannung an den Armen beginnt sich mehr und mehr zu lösen. Hedwigs Oberkörper sinkt tiefer in die Matratze.

In dieser untersten Etage des Altenheimes betritt das Pflegepersonal die Zimmer der Bewohnenden nur zu den Essenszeiten. Der Gedanke, die Krankenschwestern über Hedwigs Tod informieren zu müssen, drängt sich wiederholt auf. Aber nein, nichts soll dieses letzte Miteinander stören.

„*Zum Glück haben wir es ruhig hier unten*", flüstert Anna Hedwig ins Ohr, „*nichts drängt.*"

DAS BEGRÄBNIS

„Zielstrebig lebe ich auf das zu, was ich geträumt habe. Ich mache meine Träume wahr, weil ich am Ende meines Lebens nicht sagen will: ‚Hätte ich doch'." (Schaffer, 1991, S. 26)

Frau Henriette Leibzell verstarb im Alter von 88 Jahren während der Coronapandemie 2020. Zwecks Eindämmung der Infektionszahlen dürfen nur maximal fünfzig Personen an ihrem Begräbnis teilnehmen. Henriette hatte eine direkte Art, jemanden anzusprechen, und nahm bei nichts ein Blatt vor den Mund. Ohne die Dinge genauer zu hinterfragen, wusste sie, wer Ansehen verdiente, wessen Moral verwerflich sei und wer in der Hölle schmoren sollte. Die Verstorbene war in der Gemeinde nicht besonders beliebt, was sich in der Zahl der Anwesenden bei der Begräbnisfeierlichkeit niederschlägt. Neun Familienmitglieder und zwei weitere Personen erweisen Henriette die letzte Ehre: die Nachbarin Lou und der Bürgermeister.

Lou hat ein großes Herz und ist in puncto Krankenpflege sehr erfahren. Als Henriette Witwe wurde, ging ihr Lou zur Hand und spendete ihr Trost. Als ihre Tochter Berta schwer erkrankte, unterstützte Lou Henriette bei der Pflege ihrer Tochter über viele Monate hinweg. Die Krebserkrankung war jedoch stärker und schließlich starb Henriettes „Püppchen".

Der Bürgermeister kam, weil er Bürgermeister war. Er war Lou immer schon unsympathisch, die gesamten 18 Jahre seiner Amtszeit. Der Gemeindevorsteher ist fettleibig, fast doppelt so breit wie groß und ein Griesgram. Sein schwitzender Kopf mit dem ungewaschenen schwarzen Haar sitzt direkt am Rumpf auf. Vom Hals ist nichts zu sehen. Lou kam einmal zu Ohren, dass jemand ihn dabei beobachtet hatte, wie er an einem Einkaufssamstag wutentbrannt sein Auto auf einem Behindertenparkplatz abstellte, weil keine freie Parklücke zu finden war. *Typisch,* dachte Lou damals.

Die Trauernden versammeln sich zunächst vor der Aufbahrungshalle. Es herrscht betretenes Schweigen. Jene Schwiegertochter, die Henriette ihren ältesten Sohn *„weggenommen"* hatte und mit ihr in einem Haus lebte, zückt dann und wann ein Taschentuch. Von Ferne ist nicht zu erkennen, ob es Tränen der Trauer oder der Erlösung sind.

Lou und der Ortschef stehen etwas abseits der Familie. Es hat Minusgrade und die ersten Schneeflocken fallen vom Himmel. Trotzdem stehen dem Vorsteher Schweißperlen auf der Stirn. Er, der recht gesellig ist, sehnt sich nach Unterhaltung und schielt zu Lou hinüber, die wenige Schritte neben ihm steht. Sonst scheint ihm als Gesprächspartner niemand infrage zu kommen.

„*Eigentlich mag ich Begräbnisse gar nicht.*" Der Bürgermeister ist mit allen in der Gemeinde per Du.

Lou: „*Kennst du denn jemanden, der sie mag?*"

Er denkt nach. „*Der Bestatter wahrscheinlich.*"

Lou: „*Das glaube ich nicht. Der hat doch immer dieselbe und genug Arbeit. Gestorben wird ja Tag für Tag.*"

„*Stimmt. Und in Pandemiezeiten braucht er sich keine Sorgen ums Geschäft zu machen*", so der Ortsvorsteher.

Nach den Begrüßungsworten des Priesters und nach ersten Gebeten wird der Trauerzug in die Kirche geleitet. Lou nimmt einen Sitzplatz auf einer der hinteren Kirchenbänke ein. Der Bürgermeister lässt sich in der ersten Reihe nieder. Ein Organist, der nie Orgel, sondern Klavier gelernt hat, zieht auf der Orgel, die selten gestimmt wird, alle Register. Die Töne, die er der Königin der Instrumente hervorlockt, erklingen im Legato, verschwommen und ohne Unterbrechung, so als wolle er einen Bogen zwischen dem Dies- und dem Jenseits spannen. Rhythmische englische Songs, die eigentlich für die Gitarre geschrieben wurden, ertönen zu laut, zu schnell und falsch.

Der älteste Sohn erzählt aus dem Leben von Henriette: *„Weil Krieg war, musste meine Mutter die Schule beenden und auf dem Feld arbeiten. Einer meiner Brüder hat sich erschossen, lange bevor Berta starb. Auch das musste meine Mutter verkraften."*

Lou wundert sich, weshalb er von *seiner* Mutter spricht, wo doch auch seine Geschwister an der Zeremonie teilnehmen. Henriettes Mann, der in der Gemeinde als Fahnenträger bei Begräbnissen tätig war, starb bei einem solchen an einem Sekundenherztod. In derselben Straße, in der Henriette mit ihrer Familie lebte, gebar bald eine weitere Frau einen Sohn, dessen Vater Henriettes Mann war. Die beiden Frauen hatten nie ein Wort miteinander gewechselt. *„Ich brauche nur die Hose ausziehen und schon wird eine von mir schwanger"*, hatte er im angetrunkenen Zustand zu Pfingsten beim Pfarrfrühstück allen bereitwillig erzählt. *„Was du nicht ändern kannst, das musst du akzeptieren"*, so lautete seitdem das Motto von Henrietta.

Nachdem der Älteste seine Rede beendet hat, kehrt er zu seinem Platz zurück, den Hygienesicherheitsabstand von zwei Metern zwischen ihm und seiner Gattin einhaltend. In der Kirche gibt es keinen Adventkranz und auch keinen Christbaum. Auch die Krippe, die sonst ein Anziehungspunkt in der Vorweihnachtszeit ist, sucht man vergeblich im Kirchenraum. Die jungen Enkel haben bedeutend jüngere Freundinnen. Einer weint bitterlich. Seine Partnerin blickt ihn von der Seite an, nicht wissend, wie sie ihm helfen kann.

Der Priester erklärt, dass die Hostie einmal links und einmal rechts vom Altar verteilt wird. Nachdem er die Trauernden der linken Raumhälfte abgespeist hat, schiebt er für sich selbst eine Hostie unter der Maske in den Mund und beendet damit die Kommunionspende. Die Hoffnung auf den Empfang des heiligen Brotes im Rahmen der Eucharistie bleibt für jene, die von rechts gekommen sind, unerfüllt.

Nach dem Requiem wird Henriette, deren Leichnam in einem einfachen Sarg aus Ahornholz liegt, von drei Männern und einer zierlichen Frau des Bestattungsinstitutes auf den nahe gelegenen Friedhof zu ihrer letzten Ruhestätte gefahren.

Auf dem Weg dorthin sucht der Bürgermeister wieder den Kontakt zu Lou: *„Das ist was mit dem Tod. Morgen wird eine 60-Jährige eingegraben.“*

„Wie ist sie gestorben?“, fragt Lou.

„Einfach so. Zack bum. Umgefallen und tot.“

„*Musst du morgen auch wieder beim Begräbnis dabei sein?*", will Lou wissen.

Der Bürgermeister: „*Morgen und am Montag auch schon wieder. Und dann ist eh schon Weihnachten.*"

Der Wind bläst eisig und es ist kälter als noch vor der Totenmesse.

Lou: „*Stell dir vor, was hier auf Erden los wäre, wenn es den Tod nicht gäbe.*"

Lächelnd erwidert der Vorsteher: „*Dann gäbe es auch keine Zehrungen.*"

Lou: „*Aber die sind doch in Pandemiezeiten auch verboten!*"

Der Bürgermeister fasst sich auf den Leib: „*Leider.*"

Wie peinlich, denkt Lou.

Er: „*Sonst gibt es immer Rindfleisch mit Meerrettichsoße und zwei oder drei Anissemmeln dazu.*"

Weil es ein Begräbnis ist, versucht es Lou mit dem Philosophieren über den Tod: „*Die Tatsache, dass es den Tod gibt, lässt uns ja doch bewusster leben.*"

Der Bürgermeister: „*Ich denke oft an den Tod.*"

Lou: „*Ja, wirklich?*"

Er: „*Der Kerl rückt mich immer wieder zurecht. Darum bin ich auch sooft dabei.*"

Lou: „*Wie meinst du das?*"

Der Bürgermeister: „*Es kommen schon ein paar Verstorbene zusammen in einem Jahr und in nur einer Gemeinde. Während der Pandemie haben oft die Glocken geläutet und mich vom Schreibtisch weggeholt. Wenn ich grad in einer faden Besprechung bin, geh ich richtig gern rüber in die Kirche.*"

Jetzt erst wird Lou klar, dass der Bürgermeister allen Verstorbenen seiner Gemeinde das letzte Geleit gibt.

In diesem Moment wird der Sarg in die ausgehobene Grube, die durch seitliche Platten gestützt wird, hinuntergelassen. Während drei Männer gekonnt die Seile, die den Sarg stabilisierten, zentimeterweise durch ihre Hände gleiten lassen, hat die Sargträgerin mit der schweren Last sichtlich zu kämpfen.

Der Bürgermeister: „*Na, jetzt liegen gleich zwei in der Grube.*"

Schon bald wird ein Schäufelchen unter den Anwesenden weitergereicht. Wer möchte, kann Henriette noch Erde hinterherwerfen und sie mit Weihwasser segnen. Lou entscheidet sich stattdessen für eine Handvoll weißer Rosenblätter, die ebenfalls in einer Schale bereitstehen. *Henriette hatte auch eine sanfte Seite,* erinnert sich Lou, *und bestimmt durchlebte sie viele Stunden der Trauer um ihre beiden Kinder, und auch um den Mann.*

Zwei von Henriettes Söhnen halten vor Bertas Grab inne, das sich nur wenige Meter neben dem der Mutter befindet.

„Für Berta haben wir damals einen Punschstand organisiert, um für ihren Wunderheiler Geld zu sammeln", flüstert der Bürgermeister Lou ins Ohr.

Lou erinnert sich an ein Gespräch mit Berta, in dem sie ihr erzählte, wie dankbar sie war, dass man für sie diese Sammelaktion gestartet hatte, aber dass diese der Bürgermeister initiiert hatte, wusste sie nicht.

Der Bürgermeister: *„Aber das hat auch alles nichts gebracht, außer dass da einer reich wurde."*

Lou nickt zustimmend und blickt ihn an. Der Bürgermeister achselzuckend: *„Berta ist trotzdem gestorben."*

Nach einer Weile: *„Wenn du mal hörst, dass wer Geld für einen Wunderheiler braucht, sag Bescheid, ich organisiere den Punschstand."*

Eigentlich ist das ein guter Mann, denkt Lou. *Ich mag ihn.*

LITERATUR

Busta, C. (1995). *Gedichte. Wenn du das Wappen der Liebe malst.* Salzburg: Otto Müller.

Domin, H. (2019). *Nur eine Rose als Stütze. Gedichte.* Frankfurt am Main: Fischer.

Feichtner, M. & Schaffer, U. (2018). *Gezählte Tage sind kostbare Tage. Ein Erfahrungs- und Mutmachbuch.* Bozen: Athesia.

Gibran, K. (1998). *Der Prophet.* 34. Auflage. Zürich: Walter.

Hesse, H. (1971). *Lektüre für Minuten. Gedanken aus seinen Büchern.* Frankfurt am Main: Suhrkamp.

Hoffmann, T. (2004). *Hundepfoten. Zitate. Schlaues, Besinnliches und Amüsantes von Zweibeinern und Vierbeinern.* Band 2. Norderstedt: BoD.

Montessori, M. (1990). *Kinder sind anders.* 5. Auflage. München: dtv/Klett-Cotta.

Poostchi, K. (2010). *Goldene Äpfel. Spiegelbilder des Lebens.* 4. Auflage. Petersberg: Via Nova.

Saint-Exupéry, A. de (1999). *Texte von Antoine de Saint-Exupéry. Man kennt nur die Dinge, die man zähmt.* Zürich: Benziger.

Schaffer, U. (1987). *ich wage ... Etwas einsetzen, um Leben zu gewinnen.* München: Groh.

Schaffer, U. (1991). *ich träume ... um meine tiefen Wünsche zu spüren.* München: Groh.

Schönhöft, M. (2013). *Kindheiten. Wie kleine Menschen in anderen Ländern groß werden.* München: Pattloch.

Publikationen von Sabine Wöger, erschienen im BoD-Verlag:

Demenz. Wissenswertes für Betroffene, Angehörige und Betreuende. 2., erweiterte Auflage. (2019).

Kleine Studienhilfe zum Verfassen wissenschaftlicher Arbeiten. Praxisorientierte Grundlagen (2019).

Schöpfen von Handpuppen in der Existenzanalyse und Logotherapie. Ein Buch für kreative Psychotherapeut*innen (2019).

Fallsequenzen aus der Existenzanalyse und Logotherapie (2020).

Krisenhilfe. Ein Buch für die Psychologische Beratung auf Basis der Logotherapie (2020).

Rituale in Alten- und Pflegeheimen. Gestaltung von Trauer- und Abschiedskultur (2020).

Kalkutta – Indien. Volontariat in Einrichtungen von Mutter Teresa (2021).

Mediation. Wissenswertes für Psychologisch Beratende (2021).